KB059095

Lv2 부터 Chillin Different World Life
of the EX-Brave Candidate was Cheat
from Lv 2

치트였던 전직용사후보의
유유자적 이세계라이프 10

노조 미야 지음 카타기리 일러스트 손종근 옮김

정기 마도선에서

"그럼 바로
잠입할까요."          "음."

Name
밸런타인

∞

Name
금발 용사

∞

Name
츠야

∞

'마신 행방불명'의 소문을 쫓아

Lv2부터 Chillin Different World Life of the EX-Brave Candidate was Cheat from Lv2

# 치트였던 전직용사후보의 유유자적 이세계라이프

**키노조 미야** 지음 | **카타기리** 일러스트

SNOVEL

# Characters

Chillin Different World Life
of the EX-Brave Candidate was Cheat from Lv 2

**홀리오**
홀리스 잡화점을 경영하는
전직 용사 후보.

**리스**
아랑족이자 홀리오의 아내.

**엘리나자**
홀리오와 리스의 딸.
홀리오를 좋아한다.

**가릴**
홀리오와 리스의 아들.
여왕이 신경 쓰인다.

**리루나자**
엘리나자의 동생.
사베아나 마수들이 잘 따른다.

**와인(인간족의 모습)**
하이스펙이지만
대식가인 식룡.

**히야**
빛과 어둠의 근원을 관장하는 마인.

**다말리나세**
정신세계에서 수련 중인
암흑 대마도사.

**벨라노**
말 없고 낯을 가리며
작은 동물 같은 교사.

**벨라리오**
미니리오와 벨라노의 아이.

**블로섬**
농업에 열의를 품는 전직 검사.

**텔비레스**
신계에서 쫓겨난 예주가 엉망 여신.
호루호쿠튼의 집에서 식객 신세.

Chillin Different World Life of the EX-Brave Candidate was Cheat from L

# Characters

Chillin Different World Life
of the EX-Brave Candidate was Cheat from Lv2

**고자르**
사상 최강이라 칭해지는 전직 마왕.

**우리미나스**
고자르의 아내이자
마왕 시절의 측근.

**발리로사**
고자르의 아내이자 전직 기사.

**포르미나**
고자르와 우리미나스의 딸.

**고로**
고자르와 발리로사의 아들.

**칼시므**
전 마왕 대행으로 차룬과 함께
홀리오 가에 머무르고 있다.

**차룬**
칼시므의 아내가 된 마인형.
차를 타는 것이 특기.

**라비츠**
칼시므와 차룬의 딸.
칼시므의 머리 위가 마음에 든다.

**슬레이프(인간족 모습)**
전직 마왕군 사천왕 중 하나.
딸 리슬레이를 너무 아낀다.

**빌레리**
슬레이프와 동거 중인 전직 궁수.

**리슬레이**
슬레이프와 빌레리의 딸.

**에리(여왕)**
정의감이 강하고
고생이 많은 마법국의 여왕.

# Characters

Chillin Different World Life
of the EX-Brave Candidate was Cheat from Lv2

**금발 용사**
용사인데도 마법학교에서
지명수배 중.

**츠야**
금발 용사와 함께 도피행 중.
지갑 안이 걱정.

**밸런타인**
사제 12신장인 요염한 마인.
외모와 달리 대식가.

**독슨**
고자르의 동생이자
동료를 아끼는 새 마왕.

**후훈**
독슨의 측근인
어마어마한 M 서큐버스.

**베리안나**
입이 험하지만
동생을 아끼는 악마인족.

**아이리스테일**
가릴의 동급생이자
베리안나의 동생.

**사리나**
가릴의 동급생.
가릴이 신경 쓰이는 모양인데……?

**타니아**
홀리오 가에 쳐들어온 기억을 잃은
메이드(신계의 사도).

**그레아니르**
홀리스 잡화점에서 일하는 마인족.

**암왕**
마법국의 예전 국왕이자
암상회의 회장.

**사베어(흰 래빗 모습)**
홀리오 가의 애완동물.

**시베어**
사베어의 아내인 흰 래빗.

**스베어**
사베어와 시베어의 아이.
살짝 째진 눈의 흰 래빗.

**세베어**
사베어와 시베어의 아이.
귀여운 눈매가 특징.

**소베어**
사베어와 시베어의 아이.
흰 래빗이지만 털 색깔은 사이코 베어.

# Level 2~

Lv2부터 치트였던 전직 용사 후보의 유유자적 이세계 라이프

# Contents

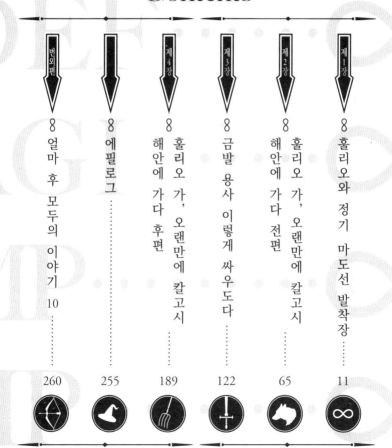

Chillin Different World Life of the EX-Brave Candidate was Cheat from Lv 2

컬러 및 본문 일러스트    카타기리

클라이로드 세계──.

검과 마법, 수많은 몬스터나 아인들이 존재하는 이 세계에서는, 인간족과 마족이 오랜 세월에 걸쳐서 계속 싸우고 있었다.

오랜 세월에 걸친 그 항쟁도, 인간족 최대 국가인 클라이로드 마법국의 여왕과 마왕 독슨 사이에 휴전 협정이 맺어지며 양국에서는 평온한 나날이 이어지고 있었다.

마왕 독슨의 대화 노선으로 더욱 많은 마족이 다시금 마왕군의 산하로 들어오고 있었다.

하지만 힘이야말로 정의라는 생각을 바꾸지 않는 마족과의 사이에 알력 다툼이 생기고 동시에 몇몇 문제가 발생하여, 마왕 독슨은 그를 해결하기 위해서 분주한 나날을 보고 있었다.

한편 클라이로드 마법국의 여왕은 마왕 독슨에게 반기를 든 마족들의 습격에 대응하는 것은 물론, 주변 국가와의 협조 체제를 유지하고자 제2왕녀와 함께 외교적으로 대응하며, 제3왕녀와 함께 내정 개혁에 착수했다. 게다가 각국에서 동시에 성가신 요청도 전달되어 여왕은 그것에도 대응하느라 고생하는 나날을 보내고 있었다.

이 이야기는, 그런 세계정세 가운데 천천히 막을 연다…….

◇호우타우 훌리스 잡화점◇

인간족 최대 국가 클라이로드 마법국.

그 광대한 영토 중앙에 위치한 왕도 클라이로드. 그곳에서 아득히 서쪽에 위치한 호우타우는 마왕군과의 전장에서 멀리 떨어져 있기도 하고, 서방국가들과의 교역 요충지로서 변경이라고 여겨지지 않을 만큼 발전을 거듭하고 있었다.

훌리오 일가는 그런 호우타우 교외에 자리를 잡고, 거리의 빈 점포를 사들여서 훌리스 잡화점으로 영업 중이었다.

이날, 그 훌리스 잡화점 주위에는 많은 사람들이 모여 있었다.

시험 운행을 거듭하던 정기 마도선이 이날부터 정식으로 취항하게 되어, 그 취항 기념행사가 곧 시작되려는 참이었다.

"……처음에는 간단히 마치자고 생각했는데…… 설마 이렇게나 큰일이 될 줄은 몰랐네."

가게 안에서 바깥 상황을 확인하며 훌리오는 쓴웃음을 지었다.

——훌리오.

용사 후보로서 이 세계에 소환된 이세계의 전직 상인.

소환 당시에 받은 가호로 이 세계의 모든 마법과 스킬을 습득했다.

지금은 전직 마족 리스와 결혼하여 훌리스 잡화점의 점장을 맡고 있다. 1남2녀의 아버지.

그런 훌리오 곁으로 히야가 다가왔다.

——히야.

빛과 어둠의 근원을 관장하는 마인.

이 세계를 멸망시킬 수 있을 정도의 마력을 지녔지만 훌리오에게 패배한 이후, 훌리오를 『지고하신 주인님』이라 따르며 그의 집에 머무르고 있다.


"지고하신 주인님…… 외람된 말씀입니다만, 이건 당연한 결과라 생각합니다."

"당연……한가?"

"예. 아득한 과거에 잃은 기술인 마도선을 현세에 부활시킨 것만이 아니라 양산에도 성공, 게다가 그것을 일반 서민들의 발로서 활용할 수 있도록 주신 겁니다. 전대미문의 이 위업, 본래라면 전 인류에게 갈채를 받으며 칭송을 받으셔야 하겠죠."

히야는 황홀한 표정을 지으며 단숨에 쏟아냈다.

'항상 냉정한 히야가 이렇게까지 감정을 드러내다니…… 이게 그렇게나 굉장한 일이구나…….'

다시금 창밖으로 시선을 향하는 훌리오.

그 시선 앞에는 훌리스 잡화점 옆에 막 신설된 마도선 발착장이 있었다.

목조 2층짜리 발착장에는 높이가 건물의 세 배 정도나 되는 탑이 있고, 그 탑 앞에 마도선이 정박하고 있었다.

건물 주변에는 빨간색, 하얀색 로프가 감겨 있고 커다란 화환이 몇 개나 늘어서 있었다.

마차가 도착할 때마다 사람이 늘어나고, 마을로 통하는 가도에는 마차가 장사진을 이루고 있었다.

"이번 정기 마도선 취항식도 사실은 호우타우에서 항상 신세를 지는 사람들만 불러서 진행할 생각이었는데……."

훌리오가 쓴웃음 짓는데, 문이 열리고 리스가 모습을 드러냈다.

──리스.

전직 마왕군, 아랑족 여전사.

훌리오에게 패배한 뒤, 그의 아내로서 함께 걸어갈 것을 선택했다.

훌리오를 너무 좋아하는 아내이자 훌리오 가 모두의 어머니.

"서방님, 아직 이런 곳에 계시는 건가요? 이제 곧 행사가 시작돼요, 빨리 준비해주세요."

"어? 아, 아니, 준비라고 해도, 이미……."

"어머?! 설마 그 복장으로 행사에 참가하실 생각인가요!"

훌리오의 말에 눈을 동그랗게 뜨는 리스.

그렇게 말하는 리스 본인은, 평소의 원피스가 아니라 흰색을 바탕으로 하는 호화로운 드레스를 입고 있었다.

"어젯밤, 행사용 옷을 드리지 않았나요! 왜 그걸 안 입으시는 건가요?"

"어, 아, 아니, 그게……."

리스의 말에 무심코 뒷걸음질 치며 벽으로 시선을 향하는 훌리오.

'……리스가 만들어준 행사용 옷이 말이지…….'

그의 시선 앞에는 리스가 만든 행사용 옷이 걸려 있었는데, 옷깃이 이상할정도로 크고 어깨에 해골 장식이 붙고 칠흑의 망토가 달린, 완벽한 마족 사양으로 완성이 된 것이었다.

'아무리 그래도 오늘은 인간족이 상대인 행사니까 이건 좀…….'

훌리오가 쓴웃음 짓는데 방 안으로 새로이 우리미나스가 들어왔다.


──우리미나스.

마왕 시절 고자르의 측근이던 헬 캣 여자.

고자르가 마왕을 그만둘 때에 함께 마왕군을 그만두고 아인으로서 훌리스 잡화점에서 일하고 있다.

고자르의 두 아내 중 하나이자 포르미나의 어머니.


"훌리오 경, 뭐하고 있냐? 슬슬 행사가 시작한다냐…… 아니, 이 옷은 대체 뭐냐?!"

벽에 걸려 있는 옷을 보자마자 눈을 동그랗게 뜨는 우리미나스.

"잠깐, 우리미나스! 내가 서방님을 위해 기합을 넣어서 만든 옷에 무슨 불만이라도 있다는 거야?"

우리미나스의 반응에 살짝 입술을 삐죽이는 리스.

"부, 불만이고 뭐고…… 오늘 행사는 인간족이 상대라는 건 알고 있냐? 그런 곳에 이런 마족 사양의 옷을 입고 간다면 다들 기겁한다냐. 애당초 어깨에 있는 이 해골도 진짜 뼈를 쓴 모양이고."

"그 뼈는 전에 서방님과 같이 사냥을 했을 때에 처리한 만티라 이온의 두개골을 사용했는데…… 그런가요, 오늘 행사에는 안 맞는 건가요……."

우리미나스의 말에 납득했는지 새로이 옷을 챙기러 가려고 출구로 향하는 리스.

그곳으로 고자르가 들어왔다.


──고자르.

전직 마왕 고우르인 그는 마왕의 자리를 동생 유이가드에게 넘기고 인간족으로 훌리오 가의 식객 입장에서 사는 와중에, 훌리오와 친구라고 할 수 있는 사이가 되었다.

지금은 전직 마왕군의 측근이던 우리미나스와 전직 기사 발리로사, 두 사람을 아내로 맞이했다.

포르미나와 고로의 아버지이기도 하다.


"음, 슬슬 행사가 시작하니까 훌리오 경을 부르러 왔다만. 무슨 일 있나, 리스?"

"행사용 옷을 준비했는데 아무래도 오늘 행사에는 안 맞는 모양이라, 다른 옷을 가지러 갈 생각이라서요."

"음? 어울리지 않는다는 건 저 옷 말인가?"

리스의 말에 고개를 갸웃거리며 벽에 걸려 있는 옷을 가리키는 고자르.

"음, 옷깃을 제대로 세운 것도 좋고, 마소를 두른 칠흑의 망토도 좋고, 무엇보다 어깨에 장식된 만티라이온 두개골이 훌륭하지 않나. 왜 이걸로는 안 되는 거지?"

"그렇죠!"

고자르의 말에 표정이 환해지는 리스.

그런 두 사람의 모습에 표정이 굳어지는 홀리오와 우리미나스.

'……이, 이런…… 고, 고자르 씨가 이 이야기에 꼈다가는…….'

'……이야기가 귀찮아질 거다냐……!'

그런 두 사람의 예상대로,

"서방님! 역시 이 옷으로 가죠! 자, 바로 갈아입으세요!"

리스는 만면의 미소를 짓더니 마족 사양의 옷을 다시금 홀리오에게 권유했다.

그 옆에서 고자르도 만족스럽게 끄덕였다.

"아, 아니, 그러니까 오늘 행사에는……."

"오늘 행사에는 안 된다고 하지 않았냐!"

그런 두 사람을 필사적으로 설득하는 홀리오와 우리미나스.


그 후, 홀리오와 우리미나스가 리스와 고자르를 어떻게든 설득하는 데에는 수십 분의 시간이 필요했던 것이다.


◇얼마 후◇

홀리스 잡화점 옆에 막 신설된 정기 마도선 발착장.

그 건물의 정면 입구 옆에 호화로운 무대가 설치되어 있었다.

"……후우, 예상을 아득히 뛰어넘은 손님이 찾아와서 적잖이 당황해 버렸지만, 어떻게든 준비가 때를 맞춘 모양이군요."

무대 옆에서 타니아가 이마의 땀을 훔쳤다.


——타니아.

본명 타니아라이나.

신계의 사도로, 강력한 마력을 가진 훌리오를 감시하기 위해 신계에서 파견되었다.

와인과 충돌하여 기억을 일부 잃고, 현재는 훌리오 가에 머무르며 메이드로서 일하고 있다.


훌리오 가의 메이드로 일하는 타니아는 대규모로 밀려든 손님들을 위해 빠르게 움직였다.

· 의자를 목재부터 잘라내어 제작.

· 주변의 황무지를 행사장으로 쓰기 위한 정지(整地) 작업.

· 음료나 음식 추가 준비.

이런 작업들을 눈에도 담을 수 없는 속도로 정리한 것이었다.


행사장의 모습을 만족스럽게 둘러보는 타이나 옆으로 발리로사, 블로섬, 빌레리, 벨라노가 멍하니 서 있었다.


——발리로사.

전직 클라이로드 성 기사단 소속의 기사.

지금은 기사단을 그만두고 훌리오 가에 머무르며 훌리스 잡화점에서 일하고 있다.

고자르의 두 아내 중 하나이자 고로의 어머니.


──빌레리.

전직 클라이로드 성 기사단 소속의 궁수.

지금은 기사단을 그만두고 훌리오 가에 머무르고 있다. 말을 잘 다
룬다는 특성을 살려 말 계열 마수들을 돌보며 슬레이프의 사실상 아
내, 리슬레이의 어머니로서 하루하루 미소로 지내고 있다.


──블로섬.

전직 클라이로드 성 기사단 소속 중갑기사.

발리로사의 친우로, 그녀와 함께 기사단을 그만두고 훌리오 가에
머무르고 있다.

본가가 농가였기에 농사일이 특기로, 훌리오 가 한쪽에서 광대한
농장을 경영하고 있다.


──벨라노.

전직 클라이로드 성 기사단 소속 마법사.

작은 체구에 낯을 가린다. 방어 마법밖에 사용하지 못한다.

지금은 기사단을 그만두고 훌리오 가에 머무르며 호우타우 마법
학교의 교사로 일하고 있다.

미니리오와 결혼하여 벨라리오를 낳았다.

"……우, 우리도 뭔가 도울까 싶었는데……."

"뭐, 뭔가…… 타니아가 엄청난 기세로 움직인다 싶었더니……."

"……순식간에 전부 끝나 버렸어요……."

"……." (그저 멍하니 서 있다.)

그 자리에 우두커니 선 채, 무대를 바라보는 네 사람.

그런 네 사람 앞으로 타니아가 다가왔다.

"이 정도 작업으로 여러분께 폐를 끼칠 수는 없습니다. 이것도 훌리오 가의 메이드인 제 직무의 일환이오니. 그럼 저는 손님 분들을 안내할 터이니 이만 실례하겠습니다."

타니아는 공손히 인사하더니 총총히 그 자리를 떠났다.

그런 타니아의 뒷모습을 그저 지켜보는 네 사람.

그곳으로 슬레이프와 리슬레이가 걸어왔다.


──슬레이프.

전직 마왕군 사천왕 중 하나.

마왕군을 그만두고 훌리오 가에 머무르며 말 계열 마수들을 돌보고 있다.

사실상의 아내로 맞이한 빌레리와 외동딸 리슬레이를 무척 아낀다.


──리슬레이.

슬레이프와 빌레리의 딸로, 사마족과 인간족 혼혈.

성실해서 훌리오 가 유소년팀 아이들의 리더격인 존재.

"마마, 고로네 마마, 베라네 마마, 블로섬 씨, 슬슬 행사가 시작할 거야. 우리 자리는 저쪽이래."

"음, 빨리 자리에 앉지 않으면 히야 녀석이 화를 낼 거라고. '지고하신 주인님의 중요한 자리인데, 개회를 늦출 생각입니까' 같은 식으로."

즐겁게 으하하 웃는 슬레이프.

그런 슬레이프의 어깨를 등 뒤에서 때리는 손길이 나타났다.

슬레이프 등 뒤의 공중에 출현한 암흑 마법진 안에서 뻗어 있는 그 손.

이윽고 손, 어깨, 몸의 순서로 마법진 안에서 출현했다.

"있잖아, 그걸 알고 있다면 냉큼 자리에 앉아주지 않을래? 이런 일로 히야 님한테 폐를 끼치고 싶진 않거든."

이윽고 마법진 안에서 온몸을 드러낸 다말리나세가 짓궂은 미소를 지으며 슬레이프의 어깨에 손을 얹었다.


──다말리나세.

암흑 대마법의 극한에 다다른 암흑 대마도사.

히야에게 패배한 이후, 히야를 따르며 수련의 동료로서 히야의 정신세계에서 살고 있다.


"음, 뭐, 그런 거다! 자, 갈까."

"예~."

슬레이프의 말에 미소로 대답하는 빌레리.

그대로 슬레이프 곁으로 달려가서 그의 팔을 끌어안았다.

"정말이지, 파파랑 마마는 항상 러브러브하구나."

그런 두 사람의 모습에 무심코 쓴웃음 짓는 리슬레이.

"무슨 소리냐! 나는 빌레리만이 아니라 너도 러브러브라고!"

말하기가 무섭게 슬레이프가 리슬레이를 호쾌하게 안아들었다.

"잠깐?! 잠깐만 파파?! 그, 그만해, 부끄럽다니까?!"

무심코 얼굴을 새빨갛게 물들이는 리슬레이.

그도 그럴 게…… 그들 주위에는 오늘의 행사 참가자가 많이 모여 있어서 그 사람들의 시선을 한 몸에 받게 된 것이다.

"핫핫핫, 사랑한다고 리슬레~이!"

하지만 그런 일 따위는 개의치 않는다는 듯이 리슬레이를 계속 들어 올리는 슬레이프.

"잠깐, 그러니까 그만하라니까?! 부, 부끄럽다니까?! 다들 본다니까?!"

그런 슬레이프의 품속에서 얼굴을 새빨갛게 물들이는 리슬레이.

"핫핫핫, 여전히 딸아이를 끔찍이도 사랑하는구나, 슬레이프."

그곳으로 한 남자가 다가왔다.

클라이로드 기사단 갑옷을 입은 그 남자.

일반 병사의 갑옷보다 한층 화려한 갑옷을 입은 그 남자는 역전의 상흔이 새겨진 얼굴에 거친 미소를 지으며 슬레이프 곁으로 걸어왔다.

"뭐냐, 누군가 했더니 마크타로 아니냐."

리슬레이를 안아든 채, 씨익 미소를 짓는 슬레이프.

──마크타로.

클라이로드 마법국의 기사단장으로서 항상 최전선에서 싸우던 역전의 맹자.

슬레이프와도 몇 번이나 검을 나눈 경험이 있고, 지금은 악우처럼 어울리고 있다.

"너도 오늘 행사에 참가하러 왔나?"

"내가 온 게 아니라 여왕님께서 출석하셔서 말이야, 호위 임무를 맡았다."

"그런가. 그럼 행사가 끝나면 용건도 끝인가? 그렇다면 나중에 술이라도 마시지 않겠나. 오랜만에 보니까 이래저래 이야기하고 싶은 것도 있으니."

"그렇군, 나도 네게 부탁하고 싶은 것도 있으니까 나중에 실례하기로 하지."

즐겁게 대화를 나누는 두 사람.

그런 가운데,

"잠깐?! 담소를 나누는 건 날 내려 놓고 해주지 않을래? 마크타로 아저씨도, 파파한테 말 좀 하라고! 응?!"

리슬레이는 여전히 슬레이프에게 안긴 채로 얼굴을 새빨갛게 물들이고서 그의 두꺼운 팔을 퍽퍽 때리고 있었다.

"잠깐, 리슬레이. 뭘 하는 거야?"

그때 여자아이의 목소리가 들렸다.

동시에 리슬레이의 몸이 빛으로 뒤덮였다.

그러자 다음 순간, 리슬레이의 몸은 슬레이프의 품속에서 사라지고 땅 위로 순간이동했다.

리슬레이가 목소리 쪽으로 시선을 향하자 그곳에는 엘리나자가 있었다.

──엘리나자.

훌리오와 리스의 아이이자 쌍둥이 중 누나, 리루나자의 언니.

성실하고 파파를 무척 좋아한다.

마법 능력에 재능이 있다.

"서두르지 않으면 파파의 행사가 시작해 버릴 테니까."

엘리나자가 뻗은 오른손 앞에는 마법진이 전개되어 있어서, 그녀의 마법으로 리슬레이가 순간이동한 것은 틀림없었다.

"고, 고마워, 에리."

"천만에. 자, 슬레이프 아저씨랑 여러분도 자리로 이동해요."

하늘하늘한 장식이 달린 화사한 원피스를 입은 엘리나자는 싱긋 미소 지으며 일동을 둘러봤다.

"음, 그렇군. 슬슬 자리로 이동하기로 할까. 그럼 마크타로, 나중에 보자고."

"그래. 그럼 나도 호위 임무로 돌아가기로 할까."

악수를 나누고 그 자리를 뒤로 하는 슬레이프와 마크타로.

슬레이프에 이어서 발리로사 일행도 이동을 개시했다.

"엘리나자 언니, 이쪽이에요!"

일동의 선두에서 걷는 엘리나자를 향해 손을 흔드는 여자아이의 모습이 있었다.

"아, 리루나자. 거기 있었구나."

그 소녀에게 엘리나자는 미소로 손을 흔들어 답했다.

――리루나자.

훌리오와 리스의 셋째 아이.

마족인 리스의 피의 영향으로 성장이 빨라서 엘리나자와 비슷한 체격까지 성장했다.

"어느샌가 사라져서 걱정했……는……데…….."

의자에 앉아 있는 리루나자의 모습을 본 엘리나자는 눈을 동그랗게 떴다.

그 시선 앞에 앉아 있는 리루나자의 무릎 위에는 혼 래빗 모습의 사베어와 암컷 혼 래빗이 앉아 있었다.

――사베어.

원래는 야생 사이코 베어.

훌리오와 맞닥뜨리고 이길 수 없음을 깨달아 항복. 이후로 애완동물로서 훌리오 가에 머무르고 있다.

평소에는 훌리오의 마법으로 혼 래빗 모습으로 지낸다.

암컷 혼 래빗은 신수 라인오나에게 습격당하려던 참에 홀리오 일행이 구해 준 이후, 사베어와 친해져서 시베어란 이름으로 홀리오 가의 애완동물로서 동거하고 있었다.

　"사베어랑 시베어가 리루나자를 따른다는 건 잘 알지만…… 그 뒤에 있는 마수들은 대체 어떻게 된 거야?"

　엘리나자가 가리킨 곳, 리루나자의 등 뒤에는 여러 마수가 모여 있었다.

　곰 계열, 늑대 계열, 새 계열. 다양한 종족의 마수들이 리루나자에게 바싹 붙어서 모여 있었기에, 주변의 사람들도 눈을 동그랗게 뜨며 그 광경을 바라보고 있었다.

　그도 그럴 터…….

　그중에는 흉포해서 인간족은 결코 따르지 않는다고 일컬어지는 마수들까지 포함되어 있음에도 불구하고, 그런 마수들마저도 리루나자 곁에 얌전히 붙어 있었다.

　"있죠…… 아침에 산책하다가 친해진 친구예요. 모두 무척 다정해서 즐거워요, 엘리나자 언니."

　싱긋 미소 짓는 리루나자.

　그러자 그 말을 이해했는지 주변의 마수들이 리루나자의 얼굴을 날름날름 핥기 시작했다.

　"아, 다, 다들, 간지러워요. 아하하, 고마워요."

　친애의 의사표시를 계속하는 마수들에게 기쁨이 담긴 만면의 미소를 짓는 리루나자.

그녀의 얼굴은 순식간에 마수들의 침 범벅이 되었지만, 리루나자는 싫은 표정 하나 없이 모두에게 얼굴을 맡기고 있었다.

그 광경은 본 주변의 사람들의 반응은.

"뭐, 뭐야…… 무서운 마수들뿐이라서 무서웠는데……."

"다들 얌전해 보이네."

"저 여자애를 무척 따르고 있어."

저마다 그런 말을 입에 담으며 리루나자와 마수들을 흐뭇한 표정으로 바라봤다.

"정말이지, 리루나자도 참. 마수들이 엄청 따르는구나. 하지만 정말 멋진 일이라고 생각해."

엘리나자가 오른손을 뻗어 마법진을 전개하자 리루나자의 얼굴이 깨끗해졌다.

"……그러고 보니 가릴은 어디 있어?"

"아, 가릴 오빠는 내빈 호위를 도우러 가서요……."

마도선 발착장 안에, 이날의 행사로 모인 내빈들이 모여 있는 방이 하나 있었다.

그곳에 여왕의 모습이 있었다.


──여왕.

클라이로드 마법국의 현재 여왕. 본명은 엘리자베트, 애칭은 에리.

아버지인 전 국왕이 추방되고 클라이로드 마법국의 지휘를 맡고 있다.

국정으로 고심하는 통에 평생 남친이라곤 없던 20대 후반.

여왕 주변을 여왕 직속 여성 기사단 수장인 볼라리스와 부하들이 호위하고 있었다.

그런 호위진 곁에는 가릴도 있었다.

──가릴.

엘리나자의 쌍둥이 동생이자 리루나자의 오빠.

항상 미소에 싹싹한 성격 덕분에 호우타우 마법 학교의 인기인.

신체 능력이 무척 뛰어나다.

호우타우 마법 학교에 다니는 가릴은 홀리스 잡화점에서 판매하는 갑옷을 입고 여왕 주위에서 호위 자세를 잡고 있었다.

"저, 저기…… 가릴 군……이 아니지, 가릴 님. 오늘은 이렇게 호위를 맡아 줘서, 정말로 고마워요."

그런 가릴에게 미소로 말을 건네는 여왕.

"아뇨, 아버지도 이야기하셨으니까요, 맡겨 주세요."

가릴은 여왕에게 시선을 향하고는 싱긋 미소 지었다.

그러자 주변의 시선이 일제히 가릴에게 쏟아졌다.

'저 남자, 뭐지…… 묘하게 여왕님이랑 친근하다고 할까…….'

'……여왕님은 우리 나라의 제2왕자와…….'

'……어떤 방법을 써서라도 우리 나라로 시집을 와주신다면……'

클라이로드 마법국의 주변 국가에서 파견된 것으로 여겨지는 사람들의 시선을 한 몸에 받는 모양새가 된 가릴과 여왕.

'……서, 설마 이 정도일 줄은 몰랐어요……'

얼굴에는 미소를 지으면서도 내심 식은땀을 흘리는 여왕은, 전날 클라이로드 성에서 있었던 일을 떠올리고 있었다.

◇며칠 전 클라이로드 성 여왕의 방◇

회의실에서 자기 방으로 막 돌아온 여왕은 큰 한숨을 내쉬었다.

'……하아…… 어떻게든 오늘 회의도 무사히 마쳤어요.'

그녀의 이마에는 땀이 몇 줄기나 흐르고 안색도 나빴다.

"여왕 언니, 괜찮아요?"

그 옆에서 함께 돌아온 제3왕녀가 걱정스러운 표정으로 여왕을 바라보고 있었다.

"고마워요, 제3왕녀. 괜찮아요. 그보다도 좀 전의 회의에서는 정말 고마웠어요. 네가 정리해 준 자료 덕분에 대신들의 질의에 막힘없이 대답할 수 있었어요."

"그거라면, 대신들의 질의를 완벽하게 예상하고 저한테 조사하라고 지시를 내려주신 여왕 언니 덕분이에요."

미소를 지으며 함께 고개를 끄덕이는 여왕과 제3왕녀.

"있잖아, 분위기 좋은 참에 미안한데."

그곳으로 제2왕녀가 끼어들었다.

"내정 관련 대신회의는 무사히 넘겼지만, 외교 문제도 어떻게든 좀 해주지 않을래?"

그러더니 제2왕녀는 가지고 있던 문서 더미를 여왕 앞에 툭 내려놓았다.

여왕은 그 문서를 보자마자 미간에 주름을 지었다.

"제2왕녀 언니, 이 문서는 뭔가요?"

그 옆에서 의아하다는 표정을 지으며 고개를 갸웃거리는 제2왕녀.

"있잖아, 제3왕녀. 여왕 언니가 다른 나라에서 어떤 말을 듣는지 알아?"

"당연하죠! 여왕 언니는 오랜 세월에 걸쳐서 대치하던 마왕군과 휴전 협정을 맺은 첫 여왕! 구국의 성녀라 일컬어지고, 다른 인간족 나라의 백성으로부터 절대적인 지지를 받고 있어요!"

마치 자기 일처럼 자랑스럽게 가슴을 펴는 제3왕녀.

"……그래, 구국의 성녀……. 그래서, 그런 구국의 성녀님은 아직 독신. 그 구국의 성녀의 남편을 자기 나라에서 배출할 수 있다면 이래저래 유리해지겠다고 생각하는 사람도 있겠지?"

"어? 그, 그럼, 이건……."

제3왕녀가 황급히 문서를 손에 들었다.

그 안에는 미소를 머금은 젊은 남자의 초상화와 이력이 적힌 종이, 그의 아버지일 국왕의 소개장까지도 다수 동봉되어 있었다.

"이건……."

"……그래, 여왕 언니한테 보내는 맞선 요청이야. 이거, 전부."

쓴웃음 지으며 문서 더미를 툭 두드리는 제2왕녀.

"외교를 담당하는 나로서는 어느 나라에 가도 반드시 화제가 되니까, 조금 지겹단 말이지."

제2왕녀의 말에 크게 한숨을 내쉬는 여왕.

"……그러네요. 다른 나라의 사절단과 회담을 해도 최근에는 반드시 이 화제가 나와서 나도 좀 머리가 아프니까요……."

'나도 빨리 결혼해서 차기 국왕이 된 남편을 뒤에서 지탱해 주는 좋은 아내가 되자고 옛날부터 생각했는데……. 아버님이 왕의 지위를 악용한 사실이 발각되고 그 뒤처리로 계속 고생했더니 어느샌가 이런 나이가 됐어……. 그야 나도 상대가 있다면…….'

그런 생각을 하며 홍차를 입으로 옮기는 여왕.

그녀의 뇌리에 가릴의 얼굴이 떠올랐다.

……그때였다.

"있잖아, 예의 가릴 군이랑 진전은 있었어?"

"푸흐으으으읍?!"

제2왕녀의 말에 무심코 홍차를 뿜는 여왕.

"여, 여왕 언니! 괘, 괜찮아요?!"

제3왕녀가 황급히 달려와서 여왕의 등을 문질렀다.

"괘, 괜찮아요, 제3왕녀……. 그, 그보다도 제2왕녀…… 왜, 왜 거기서 가릴 군의 이름이 나오는 건가요?"

"왜기는…… 여왕 언니가 좋아하는 상대라서 그런데?"

"조, 좋아하다니…… 저, 저는 클라이로드 마법국의 여왕이에요! 그, 그런 내가 사적인 감정을 우선시할 수는……."

"그렇다는 건, 좋아하는 상대라는 말은 부정하지 않는 거구나?"

"으윽……."

제2왕녀의 말에 여왕은 그만 말문이 막혔다.

그 태도를 확인하더니 제2왕녀는 쿡쿡 웃음을 흘렸다.

"아하하, 미안미안. 하지만 이래저래 생각하게 된단 말이지. 각국의 왕자급한테 잔뜩 프러포즈 타진이 오는데도 일개 상인의 장남이 상대여서야 모두 납득시키는 것도 고생일 테니까."

"……그, 그건…… 그게……."

제2왕녀의 말에 무어라 대답할 말이 없는지 여왕은 입을 우물거렸다.

그런 여왕의 모습을 바라보며 제2왕녀는 한숨을 내쉬었다.

'……여왕 언니는 옛날부터 이렇구나……. 자기 일은 언제나 뒷전이고, 항상 나라를 우선시해 버리고……. 뭐, 아버지가 그렇게 되어 버렸으니까 어쩔 수 없다면 어쩔 수 없지만, 그래도 그런 언니니까 어떻게든 해주고 싶다고나 할까…….'

"……음, 잠깐만……."

그때 제2왕녀는 어떤 사실을 떠올렸다.

"여왕 언니, 아마 훌리스 잡화점은 저것의 허가를 받으러 왔지?"

"저것……, 이요?"

"응, 저거."

그러면서 천장을 가리키는 제2왕녀.

여왕과 제3왕녀는 그 손가락이 향한 곳을 동시에 올려다봤다.

"천장……이요?"

"저기…… 천장이 어쨌나요?"

고개를 갸웃거리며 천장을 올려다보는 제3왕녀와 여왕.

그런 두 사람 앞에서 제2왕녀는 무심코 쓴웃음 지었다.

"아니, 그러니까…… 천장이 아니고……."

◇ ◇ ◇

'……제2왕녀가 그렇게 말하기에 이번 정기 마도선 취항식에 참가했는데……. 내가 참가한다고 표명하는 것과 동시에 주변 국가의 참가자가 밀려들었다지만, 설마 대부분이 나한테 혼담을 가지고 오셨을 줄이야…….'

이 대기실로 들어오자마자,

"저, 도도이츠국의 대표로 온……."

"저는 아슨테이카 왕국에서 파견된……."

"저는 알스텍 왕국 제2왕자인데……."

여왕에게 주변 국가 대표들로부터 인사가 쏟아졌다.

"죄송합니다만 오늘 여왕님께서는 홀리스 잡화점의 정기 마도선 취항 기념행사를 축하하러 오셨기에, 행사와 관계없는 이야기는 행사 종료 후로 부탁드립니다."

그것을 볼라리스가 응대하여 되돌려 보낸 것이었다.

그것은 전적으로 인간족 사이에서 여왕의 명성이 그만큼 높다는 증거라고 할 수 있었다.

주변 국가는 어떻게든 명성이 높은 여왕을 아내로 맞이하거나, 혹은 그녀의 남편으로 자국의 왕자를 보내고자 분투하는 것이다.

'……여하튼 혼담을 목적으로 면회를 청하더라도 외교 담당인 제2왕녀가 제멋대로 나올 뿐.'

'……그런 제2왕녀를 회유하려 해도 슬며시 넘어갈 뿐이니까.'

'……여왕이 직접 나온 이 자리에서 어떻게든 회담을 성립시켜야 해.'

각국의 사람들은 틈만 나면 여왕에게 이야기를 건네려고 했지만…… 그런 여왕의 경비로 가릴이 가담하자 말을 건넬 틈이 완전히 사라져 버린 것이었다.

'……가릴이라는 저 젊은이…… 전혀 틈이 없잖아.'

'……여성 기사단뿐이라면 어떻게든 파고들 수 있을 것 같았는데.'

'……게다가 저 젊은이…… 여왕님이랑 이상하게 친하고.'

그런 생각을 하는 각국의 사람들.

그런 대기실 안을 가릴은 천천히 둘러봤다.

'……에리 씨는 굉장하구나, 예쁘니까 다들 쳐다보고.'

시선을 여왕에게 향하는 가릴.

그러자 여왕과 시선이 딱 마주쳤다.

"……아, 저기……."

여왕은 얼굴을 새빨갛게 물들이며 황급히 고개를 돌렸다.

"어라? 여왕님, 무슨 일 있으세요? 열이라도 있나요? 어쩐지 얼굴이 빨간데요."

여왕 곁으로 걸어가더니 자신의 이마를 그녀에 이마에 맞대는 가릴.

가릴의 움직임이 너무나도 자연스러웠기에 그 접근을 막는 사람은 아무도 없었다.

"……어?"

한동안 어리둥절하던 여왕은 자신의 눈앞에 가릴의 얼굴이 크게 비치는 현실을 간신히 깨달았지만, 귀까지 새빨개져서는 그 자리에 완전히 굳어 버려 더는 꿈쩍도 하지 못했다.

"……응, 열은 없나 보네. 혹시 몸이 안 좋으시면 나중에 아버지한테 말해서 어딘가 쉴 수 있는 장소를 안내할 테니까, 사양 말고 말씀해 주세요."

싱긋 미소를 짓더니 조금 전의 위치로 돌아가는 가릴.

그런 가릴을 여전히 새빨간 얼굴로 바라보는 여왕.

그 광경을 멀찍이서 바라보던 각국의 사자들 사이에서 술렁거리는 목소리가 올라왔다.

("……저, 저 청년은 뭐냐…… 저렇게나 자연스럽게 여왕과 접촉하다니.")

("……설마 여왕의 상대인가?")

("……아니, 여왕한테 그런 상대가 있다는 이야기는 들은 적 없어.")

("……애당초 어디서 굴러먹던 놈인지도 모를 남자 따위, 여왕의 상대로 걸맞지 않아.")

소곤소곤 그런 대화가 실내에 가득한 가운데, 가릴 옆으로 제2왕녀가 다가왔다.

"여, 가릴 경. 이번에는 여왕 언니랑 저, 제2왕녀를 행사에 초대해주셔서 정말 감사합니다. 아버님이신 훌리오 경께도 나중에 다시금 감사의 말씀을 전하고 싶사오니."

"알겠어요, 아버지도 기뻐하실 거예요."

제2왕녀의 말에 미소로 응하는 가릴.

그런 두 사람의 대화를 들은 각국의 사람들이 더더욱 동요했다.

("……자, 잠깐만, 저 젊은이는 훌리스 잡화점의 점장인 훌리오 경의 자제인가?!")

("……보, 보고로는 좀 더 어리다고 들었는데.")

("……설마 저 젊은이도 여왕의 상대 후보인가?")

("……아니, 하지만 일개 상인의 아들이 여왕의 상대가 될 수 있을 리가.")

'역시 그렇게 나오시는군요.'

"그러니 가릴 경, 훌리오 경과 만나 뵐 때에 말이죠, 마도선을 부활시킨 공적을 칭송하여 클라이로드 마법국에서 작위를 부여하고 싶으니, 그 협의도 부탁하고 싶어요. 그 이야기도 전달해 주시겠어요?"

"어? 자, 잠깐만요, 제2왕녀?!"

제2왕녀의 말에 살짝 당황한 기색인 여왕.

"그, 그 일에 대해서는 훌리오 님에게……."

거기까지 입에 담은 참에 제2왕녀가 여왕의 입을 막았다.

그녀의 귓가로 입을 가져갔다.

("나도 알아, 작위 이야기는 사전에 타진해서 이미 훌리오 경한

테 거절을 당했다는 것도 알고 있으니까.")

("그, 그러면 이런 이야기를 입에 담아선……")

("자자, 그건 나한테 맡겨.")

당황한 기색인 여왕을 상대로 굳이 가벼운 말투로 대답하는 제2왕녀.

작게 대화를 나누고 있었기에 다른 사람들에게 그 내용은 들리지 않았다.

그런 두 사람 주변에서는 다들 동요하고 있었다.

("……이, 이봐…… 훌리오 경은 귀족이 되는 건가?!")

("……그렇다면 저 젊은이는 귀족의 자제라는 건가?!")

("……그, 그렇다면 여왕의 상대로 아무런 문제도 없어……?!")

각국의 사자들은 다들 굳은 표정으로 작게 말을 주고받았다.

그런 주변의 상황을 가릴은 쓴웃음 지으며 둘러봤다.

"……저기, 제2왕녀님의 이야기는 알겠는데…… 여러분, 무슨 일 있나요?"

"아뇨, 딱히 가릴 경이 신경 쓸 일은 없어요. 그런데 가릴 경에게 하나 묻고 싶은 게 있는데요."

"예, 뭔가요?"

다가온 제2왕녀에게 미소를 짓는 가릴.

"여왕 언니를, 어떻게 생각하나요?"

"예, 정말 좋아해요."

제2왕녀의 말에 즉답하는 가릴.

그 말에 싱긋 미소 짓는 제2왕녀.

'……정말로 가릴 경은 여왕 언니를 한 사람의 여성으로서 좋아하는구나.'

그런 생각을 하는 제2왕녀 뒤에서는 여왕이 굳어 있었다.

얼굴만이 아니라 드러난 양쪽 어깨나 가슴께까지 새빨개진 채, 입을 뻐끔뻐끔하는 여왕.

그녀의 얼굴은 일국의 여왕이 아니라 한 사람의 여성이었다.


가릴의 말과 여왕의 태도에, 실내가 더욱 소란스러워진 것은 말할 필요도 없었다.


◇몇 각 후 정기 마도선 발착장 앞◇

무대 앞에 많은 사람들이 모여 있었다.

그런 사람들 시선 끝, 무대 위에는 훌리오가 서 있었다.

'……거래 교섭 같은 건 얼마든지 할 수 있지만, 이런 장소에서 인사하는 건 아무래도 익숙하지 않다고 할까…….'

훌리오는 평소의 시원스러운 미소를 짓고는 있지만 마음속으로는 몹시 허둥대고 있었다.

입고 있는 것은 리스 수제 인간족 예복.

그런 훌리오의 모습을 관계자석에서 바라보는 리스.

"서방님…… 뭘 입어도 어울리시지만, 역시 아까 그 옷이 어울린다고 생각하는데……."

리스는 촉촉한 눈빛으로 뺨을 상기시키며 뜨거운 숨결을 흘렸다.

그 옆에서 엘리나자 역시도 촉촉한 눈빛에 뺨이 상기되었다.

"정말로…… 파파는 뭘 입어도 멋져……."

뜨거운 숨결을 흘리며 훌리오를 바라보는 엘리나자.

누구라도 돌아볼 미소녀임에도 불구하고 중증의 파더콘이라 동급생들의 고백을 모두 거절하고 있지만, 그것은 또 다른 이야기.

그런 두 사람 옆에 정장인 검은 로브를 입은 칼시므의 모습이 있었다.

──칼시므.

일찍이 마왕 대행을 맡고 있던 스켈레톤.

한 번 소멸했지만 훌리오 덕분에 재생하여 지금은 훌리오 가에 머무르고 있다.

"음음…… 그렇게나 어울린다면 나도 한 번 보고 싶다만…… 라비츠, 잠깐이라도 괜찮으니까 아래로 내려와 주지 않겠느냐?"

곤혹스러운 목소리의 칼시므.

그런 칼시므의 머리 위에서 그의 딸인 라비츠가, 칼시므의 머리 전체를 몸으로 뒤덮듯이 끌어안고 있었다.

──라비츠.

칼시므와 차룬의 딸.

스켈레톤과 마인형의 딸이라는 무척 희소한 존재.

칼시므의 머리 위에 올라타는 것을 좋아하고 항상 생글생글.

"싫어! 라비츠 여기가 좋아!"

웃는 얼굴로 칼시므의 머리를 단단히 끌어안는 라비츠.

"으음, 곤란하구나…… 이렇게 되면 라비츠는 한동안 떨어지질 않으니 말이다…… 자자, 어떻게 할까……."

칼시므는 곤혹스러운 목소리를 흘렸지만, 해골 얼굴에는 어딘가 즐거워 보이는 분위기가 드리어 있었다.

"진짜, 라비츠는 칼시므 님을 정말로 좋아하는 검다."

칼시므 옆에 앉아 있는 차룬이 싱긋 미소를 지으며 두 사람을 바라봤다.


──차룬.

일찍이 마왕군의 마도사에게 생성된 마인형.

파기될 뻔했던 참에 칼시므가 구해주어 이후로 함께 행동하고, 지금은 칼시므와 함께 훌리오 가에 머무르고 있다.


마인형 차룬은 본래 감정이 없다.

하지만 파기될 뻔했을 때에 칼시므가 구해주고 함께 지내는 사이, 어느샌가 감정을 가지게 되고 칼시므의 아이 라비츠를 낳은 것이었다.

"응! 파파 정말 좋아! 마마도 정말 좋아!"

"그렇게나 정말 좋아하는 칼시므 님께서 앞이 안 보이셔서 곤란해 하시니까, 얼굴 앞에서 손을 떼는 검다."

"응!"

차룬의 말에 만면의 미소로 대답하는 라비츠.

하지만 라비츠의 양손은 여전히 칼시므의 안면을 단단히 붙잡고 있었다.

"……라비츠, 대답은 잘하지만 손이 움직이질 않는 검다."

"응!"

"……그러니까 손을 말이죠……."

그런 대화를 주고받는 칼시므 일가.

그 옆에 벨라노가 앉아 있었다.

작은 체구인 벨라노의 무릎 위에 미니리오가 앉아 있고, 그의 무릎 위에 벨라리오가 앉아 있었다.


──미니리오.

훌리오가 시험적으로 만들어 낸 마인형.

훌리오를 어리게 만든 것 같은 외모이기에 미니리오라고 이름이 붙었다.

벨라노를 돕는 사이에 친해져서, 지금은 벨라노의 남편이자 벨라리오의 아버지.


──벨라리오.

미니리오와 벨라노의 아이.

마인형과 인간족의 아이라는 무척 희소한 존재.

외모는 미니리오와 마찬가지로 훌리오를 어리게 만든 느낌이다.

중성적인 생김새라서 성별이 불명.


"……으, 으음…… 이, 이 체제는…… 기, 기쁘지만, 하지만 뭔가 부끄럽다고 할까…… 그게…… 저기…….."

얼굴을 새빨갛게 물들이며 고개를 숙인 벨라노.

"아핫! 벨라리오도 포르미나랑 같아!"

그 뒤에서 포르미나의 목소리가 들렸다.


──포르미나.

고자르와 우리미나스의 딸이자 마왕족과 헬 캣의 혼혈.

고자르의 또 다른 아내인 발리로사도 잘 따른다.

가릴을 무척 좋아하는 여자아이.


포르미나는 어머니인 우리미나스의 무릎 위에 앉아서 기쁜 듯 몸을 들썩였다.

"포르미나, 좀 얌전히 있으라냐. 행사가 시작된다냐."

"응, 알았어!"

우리미나스의 말에 미소로 끄덕이는 포르미나.

하지만 우리미나스와 함께 있다는 것이 기쁜지 계속해서 몸을 들썩였다.

"……저기…… 고로…… 너, 너도 포르미나처럼, 내 무릎 위에 앉아도 된다고요…….."

우리미나스 옆에 앉은 발리로사는 굳은 표정으로 아들 고로에게 말을 건넸다.


──고로.

고자르와 발리로사의 아들이자 마왕족과 인간족 혼혈.

고자르의 또 다른 아내인 우리미나스도 잘 따른다.

말수가 적고 누나인 포르미나를 무척 좋아하는 남자아이.


"……음…… 나, 여기가 좋아."

그런고로는 지금…… 라비츠와 마찬가지로 발리로사를 머리 위에서 끌어안고 있었다.

"저, 저기요 고로…… 고자르 경이 없다고 해서 나한테 똑같이 그러면, 어, 내, 내 목이 좀 버틸 수가 없다고 할까요…….”

얼굴 가득 비지땀을 흘리면서도 필사적으로 목에 계속 힘을 싣는 발리로사.

'……이, 이대로는 위험해…… 내, 내 목이 못 버티는 건 물론, 고로가 땅에 떨어져 버려…… 고, 고자르 경한테 도와 달라고…….'

필사적으로 시선을 옆으로 향하는 발리로사.

그 시선 앞에서 고자르가 팔짱을 끼고 앉아 있었다.

"핫핫핫, 발리로사의 머리에 올라가 있어서 기쁜 모양이구나, 고로."

"……응."

고자르의 말에 작게 끄덕이는 고로.

'……그, 그렇게나 기뻐라면 고, 고자르 경한테 교대해 달라는

말도 못 하잖아…… 하으으…….'

　기뻐하는 그 말을 들은 발리로사는, 울 것 같지만 필사적으로 이를 악물었다.


　그런 일동에게 시선을 향하는 훌리오.

　'……내가 이 세계에 막 왔을 무렵에는, 인간족과 마족이 한창 싸우고 있었단 말이지……. 그 후로 많은 일이 있었지만, 지금 이렇게 인간족과 마족 사람들이 함께할 수 있다니…… 어쩐지 굉장히 감개무량하네…….'

　다른 세계에서 이 세계로, 클라이로드 마법국의 소환 마법으로 소환된 훌리오.

　그가 원래 있던 세계에서는 인간족의 아인족 차별이 극심했다.

　'……원래 있던 세계에서는 종족간의 차별을 앞에 두고 아무것도 못 했지만, 이 세계에서는 인간족과 마족의 다툼이 끝나는데 조금은 힘을 보탤 수 있었던 것 같아…….'

　내빈석의 여왕.

　전직 마왕 고자르와 전직 마왕 대행 칼시므.

　클라이로드 마법국의 기사였던 발리로사, 빌레리, 블로섬, 벨라노.

　고자르의 측근이었던 우리미나스와 칼시므의 측근이었던 차룬.

　전직 마왕군 사천왕 중 하나였던 슬레이프.

　마인 히야.

　암흑 대마도사 다말리나세.

원래는 신계의 사도였던 타니아.

그리고 정기 마도선 취항을 축하하여 각국의 사람들까지도 이 자리에 모여 있었다.

그런 다양한 종족의, 다양한 입장의 사람들이 이 자리에 모여 있었다.

그 자리를 이렇게 제공할 수 있었다는 사실이 조금은 자랑스럽구나.

모두의 모습을 둘러보며 평소의 시원스러운 미소를 짓는 훌리오.

작은 목소리로 영창하자 입가에 작은 마법진이 전개되었다.

이 마법진으로 훌리오의 목소리를 행사장 구석구석까지 전달할 수 있는 구조였다.

"으음…… 저는 본래, 이런 장소에서 인사를 드릴 만큼 대단한 사람이 아닙니다만…… 훌리스 잡화점이 운행하는 정기 마도선 취항 기념행사에, 이렇게 많은 분들께서 모여 주신 것에 진심으로 감사드립니다.

이 정기 마도선은 이곳 호우타우와 마왕령, 칼고시 해안, 인도르국에 정기적으로 취항하기로 정해졌습니다만, 앞으로도 항로를 계속 늘려서 이 세계의 사람과 물류 흐름을 개선, 상호 발전할 수 있도록……."

훌리오의 눈앞에 윈도가 표시되었다.

그 윈도는 훌리오에게만 보이도록 마법으로 표시가 제한되어서, 그 안에 훌리오가 어젯밤 내내 생각한 인사 글이 표시되어 있었다.

훌리오는 그것을 바라보며 인사를 이어나갔다.

그리고 훌리오의 인사가 끝나자 다음으로 여왕의 인사가 진행되었다.

그 후,

마왕군의 사자로서 참석한 사천왕 중 하나 잔지바르.

칼고시 해안령의 대표 반비르 주니어.

인도르군의 사자로서 에스트 상회의 에스트.

그런 멤버들이 인사를 진행했다.

인사가 끝나자 내빈들은 발착장에서 탑승 타워로 올라가고, 그 앞에서 정기 마도선에 탑승했다.

"이만한 인원수가 탑승했는데 아직 여유가 있다니 굉장하네요."

조타실 안.

리스는 눈앞의 윈도 안에 표시되는 선내 모습을 둘러보며 감탄을 높였다.

"겉보기에는 그다지 크게 보이진 않겠지만, 선내를 마법으로 확장했으니까. 다만 이만한 인원수를 태울 수 있는 건 이 1호선뿐이야. 이 마도선에 사용한 것과 같은 크기의 마석을 입수할 수 있다면 같은 규모의 마도선을 만들 수도 있겠지만……."

"맡겨 주세요, 서방님! 내일에라도 도고로구마로 가서 재앙 마수를 토벌해요!"

정수리 머리카락을 파닥파닥 움직이며 팔을 돌리는 리스.

그런 리스 앞에서 히야가 모습을 구현화시켰다.

"사모님께서 굳이 가실 건 없습니다. 지고하신 주인님께서 명령하신다면 저 히야가 재앙 마수를 토벌하고 마석을 입수할 터이니."

한쪽 무릎을 꿇고 공손히 인사하는 히야.

그곳으로 고자르가 다가왔다.

"잠깐만, 그런 재밌어 보이는 일에 날 빼놓으려 하다니, 좀 섭섭하잖아."

"그렇군, 우리도 모쪼록 같이 가게 해달라고."

고자르 옆으로 걸어온 슬레이프도 호쾌한 웃음을 터뜨렸다.

"파파! 여긴 저 엘리나자에게 맡겨 주세요! 제가 마법으로 재앙 마수를 붙잡아 올게요!"

훌리오 곁으로 달려온 엘리나자가 양팔 앞으로 마법진을 전개시키며 미소를 지었다.

그런 일동을 다시금 둘러보는 훌리오.

"이, 일단 마석 입수 쪽은 나중에 다시 일정을 조정하기로 하고, 지금은 정기 마도선을 발진시키자."

그러더니 리스에게 오른손을 뻗는 훌리오.

그 행동에 훌리오의 오른손을 양손으로 살며시 붙잡는 리스.

두 사람은 키 옆에 있는 레버를 함께 붙잡았다.

"그럼, 정기 마도선 발진합니다."

그 말과 동시에 레버를 앞으로 눕히는 훌리오와 리스.

그와 함께 정기 마도선이 탑승 타워를 벗어나서 천천히 상승하기 시작했다.

……그때였다.

"정말정말정말! 엄청 기다렸다고! 다고!"

정기 마도선 밖에서 여자아이의 목소리가 들렸다.

훌리오의 눈앞에는 선내의 모습과 선외의 모습이 비치는 윈도가 여럿 표시되어 있었다.

그중 하나로 시선을 향하는 훌리오.

그 윈도에서 정기 마도선 주변을 선회하고 있는 여자아이의 모습을 발견한 훌리오는 쓴웃음을 지었다.

"와, 와인…… 행사장에 모습이 보이지 않는다 싶었더니, 그런 곳에서……."


──와인.

용족 최강의 전사라 일컬어지는 드래고뉴트.

공복으로 길에 쓰러져 있던 참에 훌리오와 리스가 구해 주어, 이후로 훌리오 가에 머무르고 있다.

아이들의 언니, 누나 같은 존재.


등에 드래곤의 날개를 구현화시킨 와인은, 상승하는 정기 마도선 주위를 즐겁게 계속 선회했다.

"커다래! 커다래! 아하하! 엄청 즐거워! 즐거워!"

평소의 낙낙한 판초풍 옷을 입은 와인은 환호성을 터뜨리며 정기 마도선 주위를 계속 날았지만 판초가 들추어 올라간 순간이 윈도에 비친 그때, 타니아가 안색이 바뀌어서 뛰어나갔다.

"와, 와인 아가씨, 그만큼 말씀을 드렸는데, 왜 속옷을 안 입으신 겁니까!"

타니아가 오른손을 한번 휘두르자 그녀의 모습이 조타실 안에서 순식간에 사라지고, 동시에 와인 후방에 출현했다.

"와인 아가씨! 얌전히 이 속옷을 입으시길!"

등에 신계의 사도의 날개를 구현화시킨 타니아는, 와인의 속옷을 양손으로 펼치며 와인을 쫓아갔다.

"싫어~! 속옷 싫어! 싫어!"

상공에서 방향을 바꾸어 타니아로부터 도망치는 와인.

"안 됩니다! 저 타니아, 목숨을 바쳐서라도 와인 아가씨께 이 속옷을 입히겠습니다!"

더더욱 쫓는 타니아와 도망치는 와인.

정기 마도선 주위에서 전개되기 시작한 술래잡기를, 사정을 모르는 선내의 초대 손님들은 즐겁게 창문으로 바라봤다.

"정말이지, 와인도 참. 서방님의 중요한 행사라고 그랬는데……."

리스는 그 광경을 윈도로 바라보며 쓴웃음 지었다.

"뭐, 괜찮잖아? 홀리스 잡화점답고. 다들 즐겁게 웃으니까 말이지."

그런 리스에게 평소의 시원스러운 미소를 짓는 홀리오.

일동을 태운 정기 마도선은 최초의 기항지인 마왕령을 향해 계속 비행했다.

술래잡기를 계속하는 와인, 타니아와 함께…….

◇마왕성 알현실◇

마왕성 2층에 있는 알현실.

실내로 들어온 마왕 독슨은 장엄한 위용을 자랑하는 옥좌 앞, 바닥에 털썩 앉았다.

"……외람되오나 말씀을 올리겠습니다, 마왕 독슨 님."

그 옆에 서 있는 마왕 독슨의 측근 후훈은 공갈 안경을 오른손 검지로 꾹 밀어 올리며 한 걸음 앞으로 나왔다.

"어? 뭐냐, 후훈."

"예…… 마왕 독슨 님은 많은 마족과 대화를 나누시고, 마왕군의 재건을 충분히 진행하셨다고 생각합니다. 그러니 슬슬 옥좌에 앉으셔도 괜찮지 않을까 합니다만……."

후훈의 말에 작게 한숨을 내쉬는 마왕 독슨.

"……어, 그 마음은 고맙다만…… 마왕군을 재건했다고는 하지만, 내가 처음에 마왕이 되었을 때보다도 빈약한 상황이라 말이지. 게다가 내가 이끄는 마왕군에 소속되고 싶지 않다는 마족들도 있고, 이래저래 문제도 벌어지니까……. 이런 상태로 옥좌에 앉는다니, 나 스스로가 납득할 수가 없어…… 미안하네."

"아, 아뇨…… 저야말로 지나치게 나서고 말아서 정말 죄송합니다."

마왕 독슨에게 허리를 90도로 굽혀 머리를 숙이는 후훈.

'……아아, 마왕 독슨 님은 정말로 성장하셨어……. 이전의, 유이가드라 불리던 무렵의 마왕 독슨님이라면, 내가 조금 전 같은 의견을 낸다면, '시끄럽다! 내가 하는 일에 토 달지 말라고!' 그런

일갈을 하시고 다짜고짜 두들겨 패셨을 텐데…….'

과거 마왕 독슨의 언동을 떠올리고 무심코 감격의 눈물을 글썽이는 후훈.

'……하지만…… 부조리하게 두들겨 맞지 않는다는 것도 좀 쓸쓸하다고 할까요……. 가끔은 의식이 날아가 버릴 정도의 기세로 두들겨 맞고 싶다고 할까요…….'

그런 생각을 하며 뺨을 붉히는, 진성 M이기도 한 후훈이었다.

"이봐, 그보다도 보고를 해주지 않겠어? 내가 판다족 거처에 가 있는 동안에 무슨 일이 있었지?"

"어, 아, 예…… 죄송합니다."

마왕 독슨의 말에 정신을 차린 후훈은 공갈 안경을 꾹 밀어 올리며 수중의 서류로 시선을 향했다.

"오늘 훌리스 잡화점에서 개최된 정기 마도선 취항 기념식 행사에는 사천왕 잔지바르 님이 출석하였고, 얼마 후면 귀환하실 겁니다. 또한, 예의 사건입니다만…… 또 피해 보고가 들어와서…….'"

후훈의 말에 분하다는 듯 혀를 차는 마왕 독슨.

"젠장…… 판다족은 어떻게든 무사히 보호할 수 있었는데, 다른 피해가 또 나오고 말았나…….'"

"예, 안타깝게도…… 이 일에 대해서는 현재 사천왕 베리안나 님이 원인 규명에 나섰습니다."

"정말이지, 하필이면 희소 종족만 납치하다니 대체 무슨 생각인 거냐……. 동화족처럼 마왕성에서 보호를 약속한 녀석들은 무사하다고 해도, 변경에 사는 희소 종족 사이에서 이만큼 납치 피해가 발생한다면 그냥 넘어갈 일이 아니라고……. 그렇다고 해도 규모로만 따지자면 몇 명 단위니까 굳이 마왕군을 움직일 수도 없고……. 어쨌든 말이야, 첩보 기관 녀석들을 총동원해서 조사를 맡겨라.”

“예, 알겠습니다.”

공갈 안경을 꾹 밀어 올리며 머리를 숙이는 후훈.

‘마왕 독슨 님의 명령으로 새로이 첩보 기관을 조직했지만…… 마왕 고우르 님이 조직했던 첩보 기관 ‘고요한 귀’와 비교하면 첩보 능력이 발끝에도 미치지 못하니까…….’

후훈은 씁쓸한 표정을 지으면서도 알현실을 뒤로했다.

그런 후훈의 뒷모습을 바라보며 마왕 독슨은 크게 한숨을 내쉬었다.

‘……고우르 형님이 마왕이던 시절에는 이런 일은 한 번도 벌어진 적이 없었는데…… 정말이지, 나는 아직 반편이로군…….’

유이가드라 불리던 무렵의 독슨은, 무언가 문제가 발생하면 전부 부하 탓으로 돌리고 책임을 뒤집어씌우기만 했다.

하지만 지금의 마왕 독슨은, 문제가 발생하면 부하 탓으로 돌리지 않고 솔선하여 행동하며 해결책을 모색하는 것이었다.


◇마왕령 변경지◇

“정말이지, 거기 빌어먹게 수상쩍은 마차 녀석! 기다려라!”

손에 든 커다란 낫을 호쾌하게 휘두르며 나무들 사이를 누비듯 활공하는 베리안나.

그 앞을 마차 한 대가 고속으로 이동하고 있었다.

『자, 잠깐만?! 저는 결코 수상한 자가 아닙니다!』

마차에서 여자의 목소리가 들렸다.

"시끄러워! 자기 입으로 '수상한 자가 아니다'라고 말하는 녀석이 가장 빌어먹게 수상한 건 당연하잖아! 애당초 말이다, 희소 종족이 납치된 현장을 어슬렁거리던 빌어먹을 마차가 수상하지 않을 리가 없잖아! 종알종알하지 말고 냉큼 서라!"

커다란 낫을 호쾌하게 휘두르는 베리안나.

주변의 거목이 일도양단되어 마차를 향해 쓰러졌다.

마차는 쓰러지는 나무를 피해서 그 틈을 누비듯이 달려갔다.

그 마차 안에서 금발 용사는 혀를 찼다.

"에잇, 저 녀석은 독슨의 부하가 아니냐?! 왜 우리를 공격하는 거냐?!"

격렬하게 좌우로 흔들리는 마차.

그 탓에 타고 있는 금발 용사 일행은 마차 안을 좌로 우로 굴러다녔다.

"그그그그게, 저 사람이 말을 걸자마자 '이런 도망쳐라!'라면서 그대로 도망친 걸요. 의심하지 말라는 게 무리가 아닐까요오?!"

금발 용사의 팔을 끌어안은 츠야가 목소리를 높였다.

"어, 어쩔 수 없잖아! 그때는 분명 적이라고 생각했으니까⋯⋯."

"저기, 금발 용사님. 저 여자, 나 밸런타인이 마의 실로 못 움직이게 만들 수 있는데요?"

"아, 아니, 그건 안 되지. 저 여자는 독슨의 부하니까 우리가 위

해를 가하는 건 허락할 수 없다."

"그, 그런 말씀을 하셔도, 그럼 어떻게 이 궁지에서 빠져나가나요, 금발 용사님?"

바닥 위를 굴러다니는 왕창 우하가 금발 용사를 향해 쓴웃음 지으며 말을 건넸다.

"금발 용사 경, 지금은 본인이 무리를 각오하고서라도 직접 담판을……."

그런 왕창 우하의 머리 위, 천장에 매달린 리리안주가 양팔을 칼날로 변화시키며 금발 용사에게 시선을 향했다.

"멍청한 녀석!"

리리안주에게 일갈하는 금발 용사.

그 목소리에 리리안주는 무심코 몸이 굳어졌다.

"소중한 동료의 목숨을 위험한 일에 내던지는 명령을 내가 내릴 리가 있겠느냐! 아룬키츠, 전방의 절벽 사이로 어떻게든 들어가라!"

『알겠습니다!』

마차로 변화한 짐마차 마인 아룬키츠는 그렇게 대답하더니 속도를 올리며 절벽 사이의 험로로 들어갔다.

"빌어먹을. 기다려라, 이 마차 녀석!"

그 뒤를 쫓아가는 베리안나.

"……어, 어라?"

그때 비행을 중단하고 베리안나는 지면에 내려섰다.

"……저 빌어먹을 마차, 어디로 간 거야?"

베리안나 앞에서 달리고 있었을 터인 마차.

그 마차의 모습이 홀연히 사라져 버린 것이었다.

"빌어먹을 젠이 마법인가? ……아니, 그런 빌어먹을 영창을 할 시간은 없었을 텐데…… 어디로 간 거냐…… ."

커다란 낫을 어깨에 짊어지고 주위를 둘러보며 험로 안으로 나아가는 베리안나.


……얼마 후, 험로 옆의 수풀 밑에서 금발 용사가 불쑥 머리를 내밀었다.

"……후우, 어떻게든 보낸 모양이군."

주위에 베리안나의 모습이 없는 것을 확인한 금발 용사는 드릴 불도저 삽을 한 손에 들고 구멍 안에서 빠져나왔다.

그렇다…… 금발 용사는 전설급 아이템인 드릴 불도저 삽을 사용하여, 험로로 들어서는 것과 동시에 금발 용사 일행 전원이 들어갈 만큼의 구멍을 파고 그 위를 근처의 풀로 덮은 것이었다.

필요한 시간. 불과 0.8초.

"아야야야야…… 그, 금발 용사 경, 구멍을 판다면 미리 말씀해 주십시오…… 저, 제대로 머리부터 처박혀 버렸습니다."

낙하의 충격에 인간 형태로 돌아와 버린 아룬키츠가 구멍 바닥과 충돌해서 빨개진 이마를 문지르며 기어 나왔다.

그 뒤에서 밸런타인과 왕창 우하, 츠야가 차례차례 기어 나왔다.

"긴급사태였으니까. 불평하지 마라."

그러면서 금발 용사는 모두에게 손을 빌려주었다.

'……흠…… 마족 유괴 사건이 일어나고 있다는 소문을 들어서 조사하러 와봤는데…… 독슨의 부하가 움직이고 있다니 아무래도 사실인 것 같군…….'

◇그날 저녁 호우타우 훌리오 가 앞의 방목장◇

이날 정기 마도선 첫 항해에 탑승했던 슬레이프는, 한발 앞서 훌리오 가로 돌아와 방목장에서 작업 중이었다.

"갑자기 모습이 안 보인다 싶었더니, 벌써 여기로 돌아왔나."

그곳으로 클라이로드 기사단 갑옷을 입은 마크타로가 걸어왔다.

"그래, 저런 장소는 좀 거북해서 말이다. 나는 여기서 마마를 돌보는 게 적성에 맞아."

거대한 건초더미를 가볍게 짊어진 슬레이프는 즐겁게 웃음을 웃었다.

"이 방목장을 너랑 아내, 그리고 딸까지 셋이서 관리하는 건가."

"음, 그래. 꽤 괜찮다고, 딸의 성장을 즐기며 느긋하게 지내는 것도."

"그렇군…… 확실히 나쁘진 않겠어."

일찍이 마왕군과 클라이로드 마법국이 적대하던 시대.

마왕군 사천왕 중 하나였던 슬레이프와 클라이로드 마법국의 용장이었던 마크타로는 수도 없이 맞붙고 격전을 펼친 사이였다.

어느샌가 두 사람 사이에는 라이벌의 우정이 싹터서, 슬레이프가 마왕군은 그만둔 이후로는 좋은 친구 사이가 되어 계속 교류하고 있었다.

"그래서 마크타로. 행사 때도 말했다만, 나한테 용건이라는 건 뭐지?"

"음, 그게 말이다만⋯⋯."

마크타로는 방목장을 둘러싼 나무울타리에 등을 기대고 작게 헛기침을 했다.

"실은 말이다, 클라이로드 마법국에서는 기사단 양성 학교를 재편하여 기사단 학원을 창설하게 되었어. 내가 그곳의 초대 원장으로 취임하게 됐지."

"호오, 출세 아니냐. 경사스러운 일이라고 생각한다만⋯⋯. 그래서, 그 기사단 학원이라는 건 이제까지의 기사단 양성 학교와 뭐가 다른 거냐?"

"이제까지의 기사단 양성 학교는 그야말로 기사를 양성하기 위한 학교라서 주로 마왕군과의 전투에 종사하기 위한 기사를 양성했다만, 마왕군과 휴전 협정을 맺은 현재, 그 역할을 재검토하게 되어서 말이야. 클라이로드 마법국의 장래를 책임질 젊은이를 육성하는 곳, 종합적인 학습의 터전으로 재편성할 생각인데⋯⋯."

거기까지 말하더니 마크타로는 한 번 말을 멈추고 슬레이프의 얼굴을 바라봤다.

그에 응하듯이 마크타로를 마주보는 슬레이프.

한동안 서로 시선을 주고받는 두 사람.

먼저 입가가 누그러진 것은 마크타로였다.

그대로 미소를 짓더니 시선을 방목장으로 향했다.

"⋯⋯그래서 슬레이프 경에게 부탁하고 싶은 게 있는데, 기사단 학원에서 승마 훈련에 사용할 마마를 제공해 줄 수는 없을까 싶어서."

"오오, 그런 일이라면 맡겨라! 내가 훌륭한 마마를 제공해 주마."

마크타로의 말에 슬레이프는 호쾌한 웃음을 터뜨렸다.

그런 슬레이프에게 시선을 향하는 마크타로.

'……사실은 귀공이 교사가 되어서 함께 학원을 꾸렸으면 했다 만, 조금 전에 귀공과 시선을 주고받았을 때…….'

……나는 이곳의 생활에 만족하고 있다. 네 생각은 받아들일 수가 없겠군.

슬레이프의 표정에서 그런 감정을 알아차린 마크타로.

몇 번이나 검을 겨룬 이들이기에 말을 나누지 않더라도 이해할 수 있는 것이었다.

"벌써 이런 시간이군, 저녁이나 먹고 가라. 리스의 밥은 맛있으 니까."

"음, 모처럼 왔으니까 실례를 해볼까."

두 사람은 어깨를 맞대며 훌리오 가를 향해 걸어갔다.

'……자, 슬레이프 경에게는 거절당했지만, 다른 한쪽의 목적 은 어떻게든 이루어야…….'


◇어느 산속 깊은 마을◇

클라이로드 마법국령에 가까운 장소에 위치한 이 마족의 마을 은, 마왕군과 클라이로드 마법국이 휴전 협정을 맺은 이후로 가 도 봉쇄가 풀려서 인간족이 방문하는 일도 적지 않았다.

그런 마을의 주점에는 오늘밤에도 많은 사람들이 모여 있었다.

마족만이 아니라 인간족의 모습도 여기저기 보이는 가게 안.

카운터에는 마족 남자가 둘. 담소를 나누며 함께 술을 마시고 있었다.

"그러고 보니 들었나, 저 소문?"

"마신 행방불명 말이야?"

"그래, 그거. 아무래도 이 마을 근처 가도에서 마족이 홀연히 모습을 감추는 사건이 발생하고 있다지 않나."

"흔적이 거의 남아 있지 않으니까, 마족의 신이 데려간 게 아니냐고 그러던데."

"그래서 말이지, 언뜻 들었는데…… 아무래도 피해를 당한 마족한테는 공통적인 특징이 있다더군."

"특징?"

"그래, 아무래도 희소한 종족들만 피해를 당하고 있다던데."

"희소 종족이라…… 저건가? 동화족이나 쌍두조족 같은 거?"

"그래그래. 그래서 요전에는 마을 너머의 고갯길에서 마신 행방불명이 벌어졌는데……."

술이 든 조끼를 입에 대며 계속 이야기하는 마마족 남자.

누군가 등 뒤에서 그의 목덜미로 커다란 낫을 들이밀었다.

"……뭐야?!"

갑작스러운 일에 굳어버린 두 사람.

"그 빌어먹을 이야기, 좀 더 자세히 들려주지 않겠어?"

커다란 낫을 손에 든 여자는 그리 말하며 두 남자에게 다가갔다.

"다, 당신은……."

"사, 사천왕인…… 베, 베리안나 님……."

두 사람이 말했다시피, 후드를 눈가까지 뒤집어썼지만, 그 여자는 마왕군 사천왕 중 하나인 베리안나였다.

"마왕 독슨 님의 명령으로, 빌어먹을 희소 종족 실종 사건을 쫓고 있는데 말이야, 너희가 아는 빌어먹을 정보를 가르쳐 주겠어?"

"어, 예, 그건 당연히."

"저희 이야기가 도움이 된다면……."

그 말을 들은 베리안나는 커다란 낫을 마마족 남자의 목덜미에서 치우고 어깨에 짊어졌다.

남자들 옆자리에 앉는 베리안나.

그런 베리안나에게 두 마마족 남자들이 이야기했다.


베리안나가 마마족 남자들로부터 이야기를 듣고 있을 때…….

카운터에서 떨어진 창가 자리에 몇몇 남녀가 앉아 있었다.

"아하하, 아룬키츠도 참. 또 잔뜩 취했네. 정말이지, 이 왕창 우하 님의 술 마시는 모습을 보고 배우란 말이지."

깔깔 웃고 있는 자그마한 여자──왕창 우하 옆에는, 술병을 입에 문 채로 천장을 바라보며 그대로 의식을 잃은 타이트한 검은 옷차림 여자의 모습이 있었다.

"본인은…… 본인은…… 더는 안 되오……."

그 옆에는 얼굴을 새빨갛게 물들인, 동방의 닌자를 연상시키는 옷을 입은 여자가 테이블에 푹 엎드린 채로 울먹이고 있었다.

"정말이지, 리리안주도 참. 여전히 울보구나."

여자의 어깨를 두드리는, 노출이 많은 요염한 옷을 입은 여자가 테이블 위의 요리를 차례차례 비우며 즐겁게 웃고 있었다.

"배, 밸런타인 씨도 참, 너무 먹는다고요오…… 도, 돈이 충분할까아…….."

그 여자를 바라보며 얼굴이 새파래진, 마찬가지로 노출이 많은 옷을 입은 여자가 지갑 안을 필사적으로 확인하고 있었다.

그 여자 옆에 앉아 있는 금발 남자는 술을 마시며 카운터 쪽으로 시선을 향하고 있었다.

"……흠…… 희소 종족 실종 사건인가……."

"저기, 왜 그러시나요오, 금발 용사니임?"

"음, 츠야…… 아무래도 독슨 쪽에서 무언가 사건이 발생한 모양이라 말이다……."

"예에? 그런가요오?!"

금발 용사가 바라보는 쪽으로 자신도 시선을 향하는 츠야.

두 사람의 시선 앞에서는 베리안나가 마마족 남자들로부터 자세한 이야기를 한창 듣고 있었다.

금발 용사는 그 대화를 들으려고 의식을 집중했다……만…….

"금발 용사님, 마시고 있어요? 먹고 있어요?"

커다란 고기를 먹고 있는 밸런타인이 츠야를 밀어젖히며 금발 용사를 끌어안았다.

"아하하, 마신 다음에는 건물 마인인 제가 쾌적한 숙소로 변화할 테니까, 잔뜩 드시지요."

그 뒤에서 술병을 든 왕창 우하가 다가왔다.

"에잇, 네놈들! 날 방해하지 마라! 이야기가 안 들리지 않느냐!"

"어~, 그런 말씀 마세요, 금발 용사님."

"그래그래, 이렇게 맛있는 요리에 맛있는 술이니까요."

"멍청한 녀석! 에잇! 방해하지 마라!"

밸런타인과 왕창 우하를 필사적으로 밀어내려 하는 금발 용사.

지지 않겠노라 금발 용사에게 다가가려 하는 밸런타인과 왕창 우하.

금발 용사 일행의 테이블은 수습이 되지 않는 상황에 빠져 있었다.


"……뭔가, 빌어먹게 시끄러운데. 이야기가 안 들리잖아……."

그런 금발 용사 일행의 테이블을 흘끗 쳐다본 베리안나는 혀를 차더니 다시금 마마족 남자들에게 시선을 되돌렸다.

◇밤 훌리오 가 훌리오의 침실◇

훌리오는 침실에 있었다.

리스는 목욕 중. 홀로 의자에 앉아서 훌리스 잡화점의 서류를 훑어보고 있었지만, 그런 훌리오에게 누군가 뒤에서 말을 건넸다.

『훌리오 경, 잠깐 시간을 내줄 수 있겠습니까?』

훌리오가 돌아보자 방 한구석에 어린 소녀 하나가 떠 있었다.

반신이 어린아이, 반신이 해골인 그 소녀는 너덜너덜한 외투를 두르고 있었다.

신계의 사도 조피나의, 피의 맹약의 집행인으로서의 모습이었다.

훌리오는 평소의 시원스러운 미소를 지었다.

"이런 밤중에 무슨 일인가요? 게다가, 말해 줬다면 결계 마법도 해제해 뒀을 텐데……."

"……혹시 훌리오 경은 제 모습이 홀로그램인 걸 알아차리셨습니까?"

"알아차리고 뭐고, 거기에 질량이 존재하지 않고 미약하지만 사념파의 파동을 느꼈으니까, 아마도 그렇지 않을까 싶었는데요. 게다가 신계의 사도 분이라도 이 방의 결계 마법을 돌파하는 건 어렵지 않을까, 싶어서."

여전히 시원스러운 미소인 훌리오.

'……이 분은…… 거기까지 파악할 수 있는 것인가…….'

훌리오의 말에 무심코 쓴웃음 짓는 조피나.

훌리오의 말대로…… 클라이로드 세계의 상위 세계인 신계의 주민인 조피나의 힘으로도, 훌리오가 이 방에 전개하고 있는 결계 마법을 통과할 수가 없었다.

집 주위에 쳐진 마법 방벽은 상당한 정밀도이지만, 조피나의 힘이라면 어떻게든 해제하고 침입이 가능한 정도. 하지만 침실 주위의 마법 방벽은 그럴 수도 없는 것이었다.

어떻게든 자신의 사념파로 홀로그램을 만들어 내어 실내에 투영하는 것이 고작이었다.

"어떻게 할래요? 지금 결계 마법을 일부 해제할까요?"

"아뇨, 그러실 것 없습니다. 오늘은 제 상사인 세계 질서 관할관의 전언을 전하러 왔을 뿐이니까, 이대로 들어주시기를."

그러면서 외투 안에서 꺼낸 양피지 한 장을 펼치는 조피나.

그러자 양피지 위로 여신의 모습이 떠올랐다.

『……그대, 훌리오……

당신은 전날, 클라이로드 세계에서 과도한 기술인 마도선을 부활시켰습니다.

이 마도선은, 원래는 신계의 기술이며 그것을 클라이로드 세계에서 사용하는 것은 본래 인정되지 않습니다.

……하지만 신계에 대한 평소 그대의 공헌을 고려하여 특별히 사용을 허가하는 바입니다.

다만 마도선 기술을 타인에게 흘리는 것, 마도선을 양도하는 것은 엄중히 금하기에 그 사실을 전하는 바입니다.』

그리고 여신의 모습이 사라졌다.

조피나는 양피지를 외투 안으로 정리하더니 다시금 훌리오를 바라봤다.

"……요컨대 정기 마도선의 관리, 운행에는 모쪼록 주의를 바란다고…… 그 사실을 전하는 겁니다."

"호오, 그렇군요. 저 마도선은 신계의 기술이었군요…… 하지만 그 기술을 왜 이 세계의 마인이 가지고 있었죠? 저는 우연히 손에 넣은 마인의 지식 안에서, 이 마도선이라는 오버테크놀로지를 입수했는데……."

"이건 억측입니다만…… 이곳 클라이로드 세계에도 아득히 과거에 신계에서 마도선이 정기적으로 날아오던 시기가 있었습니다. 그 운행 중에 뜻밖의 사고로 난파하여 사라진 마도선도 몇 척인가 있어서……. 그 마인은 그 사라진 마도선의 잔해와 접촉하여 마도선의 지식을 입수한 것은 아닐지…… 다만 마도선의 지식을 입수했다고 해서, 그 지식만으로 마도선을 운행할 수는 없습니다만……."

'……이곳 클라이로드 세계에 존재하는 마석으로는 너무 적어서 마도선을 운행하는 것은 연료가 부족할 터……. 설마 도고로구마 세계에서 재앙 마수의 마석을 대량으로 모아서 그것을 대체품으로 사용할 줄이야…… 본래라면 하부 세계에 과도한 기술의 무허가 사용을 죄로 들어 마도선을 몰수하고, 앞으로 도고로구마 세계로 입국을 금지할 참인데…….'

그리고 크게 한숨을 내쉬는 조피나.

'……훌리오 경은 도고로구마 세계에서 토벌을 한 재앙 마수의 혈육이나 뼈를 사용하여 회복약을 만들고 있는데…… 이 회복약, 지나치게 효과가 좋은 나머지 신계의 여신님의 피부를 젊어지게 만드는 효능까지 가지고 있으니까. 회복약을 신계에 도매하는 것을 조건으로 훌리오 경의 도고로구마 세계 입국을 제한하지 않도록 신계의 여신님 전원이 강하게 제안한 만큼, 훌리오 경의 도고로구마 세계 입국을 금지할 수도 없다……. 상사인 세계 질서 관할관은 '과도한 기술이 이 이상 유출되지 않도록 어떻게든 손을 써라'라고, 나한테 대응을 모조리 떠넘기고…….'

다시금 크게 한숨을 내쉬는 조피나.

"그러하오니…… 제 입장을 헤아려 주시고 정기 마도선의 관리, 운용에는 모쪼록 주의해 주시기를 거듭 부탁드립니다……."

"알겠어요. 정기 마도선은 제가 책임을 지고 관리하겠다고, 세계 질서 관할관한테 전해 주세요."

"감사합니다. 그 말을 들을 수 있어서 저도 안도했습니다."

'……실제로 신계의 사도의 마법을 구사해서도 침입할 수 없는 마법 방벽을 구축할 수 있는 훌리오 경이니까 문제는 없겠지.'

그리고 안도한 표정을 짓는 조피나.

"……그럼 오늘은 이만 실례하겠습니다."

그러는 것과 동시에 조피나의 모습은 순식간에 사라졌다.


◇같은 시각 훌리오 가 근처의 숲속◇

나무 그늘에 숨듯이 서 있는 조피나는 천천히 눈을 떴다.

이마에서는 대량의 땀이 떨어지고 온몸에 피로의 기색이 짙게 드리웠다.

"저 침실 주위에 쳐져 있던 방벽 마법…… 이 어찌나 굉장한 정밀도인가……. 신계의 사도인 내가 홀로그램을 보내는 것이 고작이라니……. 대체 뭣 때문에 저런 마법 방벽을 전개한 거지……."

거친 호흡으로 어깨를 들썩이며 고개를 갸웃거리는 조피나.

그녀의 목덜미로 등 뒤에서 누군가 커다란 낫을 들이밀었다.

둔탁하게 빛나는 칼날을 앞에 두고 조피나는 무심코 숨을 삼켰다.

"……누군가 했더니, 신계의 사도인 조피나가 아닙니까."

"……그러는 당신은, 신계의 사도 타니아라이나……."

조피나의 말을 듣고 타니아는 커다란 낫을 다시 어깨에 짊어졌다.

"……무슨 용건인지 모르겠지만 이런 밤중에 홀리오 님의 저택 부지 안에 무단으로 침입한 이상, 이대로 목이 날아가더라도 불평할 수는 없겠지요."

커다란 낫을 짊어진 타니아를 다시금 돌아보는 조피나.

'……역시나 여신급의 능력을 지켰다고 항상 일컬어지던 신계의 사도 타니아라이나…… 홀로그램에 집중하고 있었다지만, 내게 존재를 들키지도 않고 배후를 잡다니…….'

"이미 용건은 마쳤다. 바로 철수할 테니까, 오늘은 보내 주지 않겠나?"

"그렇군요…… 오늘은 이만 보내 주겠습니다. 하지만…… 또 무단으로 침입한다면 그때는 목숨이 없다고 생각하시길."

메이드복을 입은 타니아는 치맛자락을 들어 올리며 우아하게 인사했다.

"알겠다. 다음부터는 반드시 사전에 연락하기로 하지."

"그리고 또 하나…… 제 이름은 타니아입니다. 타니아라이나라는 이름은 가진 적이 없으니, 그쪽도 잘 부탁드립니다."

일찍이 신계의 사도 시절, 훌리오가 탐색 명령을 받은 타니아라이나.

그때에 와인과 공중에서 격렬하게 충돌하여 신계의 사도 시절의 기억을 일부 잃은 그녀는 자신을 구해준 훌리오 밑에서 일하는 것을 선택하고, 그때에 아주 조금 기억하던 타니아라는 이름을 사용하게 된 것이었다.

"……알았다. 그럼 타니아 경, 오늘은 이만 실례하지."

가볍게 머리를 숙이더니 결계 밖으로 날아가는 조피나.

그 뒷모습을 타니아는 가만히 지켜봤다.


◇같은 시각 훌리오의 침실◇

"서방님, 기다리셨죠."

조피나가 방을 뒤로하고 잠시 후, 리스가 들어왔다.

목욕을 마친 리스는 젖은 머리카락을 커다란 수건으로 훔치며 훌리오 곁으로 걸어왔다.

"……저기, 누가 있었나요?"

"응, 조피나 씨가 마도선 일로 이야기하러 왔거든. 다만 마법 방벽 탓에 홀로그램을 투영했을 뿐이지만."

"어머나?!"

훌리오의 말에 놀라서 입가를 막는 리스.

"신계의 사도라는 건 정말 굉장하네요…… 히야조차 침입할 수 없는 이 방의 방어 마법 안으로 홀로그램을 투영할 수 있다니."

"아하하, 확실히 그러네."

리스의 말에 무심코 쓴웃음 짓는 훌리오.

히야는 훌리오에게 패배한 이후로 그를 '지고하신 주인님'이라 경애하며 부하(하인)로서 따르고 있지만, 훌리오와 리스의 친근한 모습을 가까이서 보는 사이에 사랑이라는 감정에 무척 강한 흥미를 가지기에 이르렀다.

그 결과로 훌리오와 리스의 밤일까지 관찰하고자 침실 안으로 숨어들었기에, 그에 대한 대책으로 마법 방벽의 위력을 비정상적인 수준까지 높이는 것에 성공한 훌리오.

방 주위에 쳐져 있는 마법 방벽이 바로 그것이었던 것이다.

"그러고 보니 정기 마도선 일로 이런저런 문의가 들어온다고, 우리미나스가 그러던데요?"

"응, 그래."

수중의 서류를 바라보며 끄덕이는 훌리오.

"정기 마도선이 들러줬으면 한다는 도시나 마을, 클라이로드 마법국 주변 국가에서 문의가 잔뜩 들어오고 있거든. 그 밖에도 마도선을 팔아 달라든지 제조 과정을 견학시켜 달라든지, 이런저런 요청도 들어오고 있어."

"판매는 몰라도…… 제조 과정 견학으로는 의미가 없지 않나요? 저 마도선은 서방님의 강력한 마력으로 제조되고, 마력원이 되는 마석은 도고로구마 세계에서만 입수할 수 있으니까."

"뭐, 그렇기는 한데…… 그런 부분은, 외부인으로서는 알 수 없으니까."

그런 대화를 나누며 리스는 홀리오에게 몸을 기댔다.

"……오늘 행사에서 서방님, 정말 멋졌어요."

"그, 그런가? 나로서는 평소랑 다른 게 없었다고 생각했는데."

"당치도 않아요. 엘리나자도 감격했으니까 틀림없어요."

'……아니, 저기…… 리스랑 엘리나자는 나와 관련된 일이라면 앞뒤 가리지 않는다고 할까, 맹목적이라고 할까…….'

쓴웃음 지으며 그런 생각을 하는 홀리오.

"아, 그, 그렇지. 다음에 정기 마도선을 타고 가족 다 같이 놀러 가지 않을래?"

"놀러가자고요?"

"응. 이번에 정기 마도선 발착장을 설치한 도시에서, 답례를 하고 싶다는 초대장이 왔거든."

"발착장을 설치한 도시라니…… 혹시 인도르국에서도 왔나요?"

"응, 그러네. 인도르국은 굳이 따지자면 나보다도 리스가 와줬으면 하는 모양이지만."

홀리오의 말을 들은 리스는 미간에 있는 힘껏 주름을 만들었다.

인도르국…….

일찍이 천을 매입하러 간 리스가 나쁜 일을 저지른 자들을 (의도치 않게) 토벌한 것이 계기가 되어, 용의 여왕이라며 거국적으로 숭배의 대상이 된 것이었다.


"그, 그러네…… 인도르국은 리스가 내키지 않을 테니까, 다시 생각해 보는 걸로……."

"그보다도 서방님, 저, 키노사키 온천에 가고 싶어요! 부디 키노사키 온천향에도 정기 마도선을 취항시키고 싶어요!"

리스는 환한 표정을 지으며 훌리오를 올려다봤다.

그 미소를 바라보며 무심코 쓴웃음 짓는 훌리오.


키노사키 온천…….

효능이 다른 온천 일곱 개가 걸어서도 다닐 수 있게 자리 잡고 있어서, 모두 순회할 수 있는 온천가.


'……리스가 가고 싶은 건, 자식을 갖는 것에 효능이 있다는 야나기의 탕이겠지…….'

그런 훌리오의 속마음을 아는지 모르는지,

"자, 서방님…… 리루나자도 건강하게 자라고 있으니까, 동생을 원하지 않을까 싶은데…… 말이죠."

그런 말을 입에 담으며 훌리오에게 달라붙는 리스.

훌리오는 그런 리스를 다정하게 끌어안았다.

"그러네…… 앞으로 키노사키 온천에 정기 마도선 취항시키는 것도 검토해 볼게."

"기뻐요, 서방님. 아, 그러고 보니 오늘, 엘리나자가 말이죠……."

훌리오에게 기쁜 듯 오늘 있었던 일을 이야기하는 리스.

그 모습에서는 일찍이 마왕군 사천왕에 필적한다고 일컬어지던 아랑족 펜리스의 모습은 전혀 느껴지지 않았다.

그런 리스의 이야기에 평소의 시원스러운 미소를 지으며 귀를 기울이는 훌리오.

두 사람은 즐겁게 대화를 나누었다.

이윽고 두 사람의 모습이 겹치며 침대 위로 쓰러지고, 훌리오가 오른손 검지를 한 번 휘두르자 마법등의 빛이 사라지며 침실 안은 어둠으로 뒤덮였다.


◇같은 시각 훌리오의 침실 앞 복도◇

훌리오 가 2층에 훌리오의 침실이 있다.

그 출입문 앞에 히야가 서 있었다.

양손을 뻗어 문을 향해 마법을 전개하고 있는 히야.

"……흐음…… 이것도 안 됩니까…… 역시 지고하신 주인님의 마법 방벽은 훌륭하군요. 저 히야, 완패했습니다."

입가에 차분한 미소를 머금으며 문을 향해 공손히 인사하는 히야.

"부부 행위의 견본으로 몰래 견학하고 싶었습니다만…… 오늘은 포기하기로 하겠습니다."

오른팔을 휘두르자 히야의 모습은 복도에서 사라졌다.

그리고 복도에도 적막이 찾아왔다.


몇 분 뒤…….

계단에서 타니아가 모습을 드러냈다.

손에 커다란 낫을 들고서 주위를 둘러보는 타니아.

"……조금 전, 훌리오 님의 침실 근처에서 수상한 기척을 탐지했습니다만…….."

커다란 낫을 든 채, 소리도 없이 복도를 나아가는 타니아.

이렇게 밤에도 훌리오 가의 안팎을 지키는 타니아.

그녀가 잠든 모습을 본 사람은 없다고 한다.


◇호우타우 훌리오 목장◇

이른 아침, 햇살이 목장을 비추는 가운데,

"이랴!"

리슬레이는 애마 쿠리시로를 타고서 목장 안을 기분 좋게 질주하고 있었다.

얼마 후, 빌레리가 자신의 애마인 도마무를 타고서 리슬레이에게 접근했다.

리슬레이와 쿠리시로는 상당한 속도로 질주하고 있었지만 빌레리는 순식간에 쫓아왔다.

"역시 마마네. 벌써 따라잡혔어."

리슬레이는 쓴웃음 지으며 빌레리를 돌아봤다.

그런 리슬레이에게 빌레리는 싱긋 미소 지으며 말을 꺼냈다.

"아뇨아뇨, 무척 힘들다고요~. 역시 리슬레이에요~."

하지만 허리를 든 자세로 타고서 전력질주 중인 리슬레이랑 쿠리시로와는 다르게, 도마무를 고속으로 몰면서도 지극히 평범한 자세로 타고 있는 빌레리.

말의 성능이라기보다도 두 사람의 승마 기술에 하늘과 땅 차이가 있다는 것은 일목요연했다.

"그러고 보니 마마. 파파가 그랬는데, 클라이로드 기사 학원이라는 곳에 우리 목장의 마마들을 제공한다는 거, 정말이야?"

"예, 그래요~. 그러니까 마마 여러분을 제대로 단련시켜 줘야겠죠."

빌레리가 만면의 미소를 지었다.

"있잖아, 내가 도울 수 있는 게 있다면 뭐든 말해 줘. 나도 파파랑 마마를 돕고 싶으니까."

"고마워요, 리슬레이. 그때는 부탁할게요."

그러더니 빌레리는 미소로 도마무를 채찍질했다.

그러자 도마무는 함께 달리던 쿠리시로를 단숨에 제쳐놓고 달려갔다.

"……역시 마마한테는 아직 멀었네."

달려가는 빌레리의 뒷모습을 리슬레이는 눈부신 듯 바라봤다.

그런 리슬레이 뒤에서 새로운 마마가 달려왔다.

"어?"

황급히 돌아보는 리슬레이.

그러자 그곳에는 마마를 탄 가릴의 모습이 있었다.

"안녕, 리슬레이. 승마 훈련을 좀 하고 있어."

"잠깐?! 가, 가릴?! 후, 훈련은 괜찮은데……."

갑자기 나타난 가릴을 앞에 두고서 눈을 동그랗게 뜨는 리슬레이.

그도 그럴 터…….

가릴이 타고 있는 마마는 목장에서 사육하는 마마 중에서도 1, 2등을 다툴 정도로 발이 느렸다.

하지만 그 마마를 깔끔하게 타며 힘을 충분히 끌어내고 있는 가릴.

'……저 아이도 참, 잠재 능력은 굉장하지만 나도 마마도 실력을 제대로 이끌어내지 못했는데…… 가릴은 처음 타면서……. 좀 지나치게 굉장한 거 아냐?!'

곤혹스러워 하며 가릴에게 시선을 향하는 리슬레이.

"그럼, 먼저 갈게."

그러더니 가릴은 리슬레이를 순식간에 추월했다.

"……승마 훈련이라니…… 이미 그럴 필요가 없잖아, 가릴…… 뭔가 자신감이 사라지는데……."

그런 말을 입에 담으면서도 입가에는 미소를 짓고 있었다.

"……가릴도 에리도, 이제 곧 호우타우 마법 학교를 졸업해 버리는구나…… 가릴은, 어떻게 할까?"


◇훌리오 가 뒤편 훌리오 공방 안◇

홀리오 가 뒤편에는 집보다도 한층 더 큰 건물이 서 있다.

그 입구에는 홀리오 공방의 간판이 걸려 있고, 그곳에서는 홀리오가 중심이 되어 홀리스 잡화점에서 판매하는 상품의 개발과 제조가 진행되고 있었다.

그 건물 2층의 한 방에 홀리오와 타니아의 모습이 있었다.

"……아니, 조피나가 그런 말을 했습니까……."

홀리오로부터 어젯밤 나타난 조피나가 부탁한 내용을 전해들은 타니아는 혐오하는 표정을 드리우며 분하다는 듯 혀를 찼다.

"정말이지……. 이 마도선의 기술은 신계의 것일지도 모르겠지만, 완전한 상태인 마도선이 존재하지 않는 이 세계에서 제로부터 만들어낸 것은 다름 아닌 홀리오 님의 힘이거늘…… 역시 그자…… 어젯밤 거기에서 숨통을 끊었어야 했군요."

창밖을 바라보며 미간에 주름을 짓는 타니아.

그런 타니아를 홀리오는 쓴웃음 지으며 바라봤다.

"……이, 일단 말이지, 조피나 씨도 일 때문에 온 거니까 그건 이해해 주자. 게다가 조피나 씨한테는 시간 되돌리기 마법 건으로도 폐를 끼쳤으니까."


시간 되돌리기 마법 사건…….

빛과 어둠의 근원을 관장하는 마법 중 하나인 시간 되돌리기 마법.

그것은 빛과 어둠의 근원을 관장하는 마법의 사용자인 히야조차 사용하려면 상당한 마력을 필요로 하는 상급 마법이지만, 그 마법을 훌리오는 적대 상태였던 히야에게 공격당해 빈사의 중상을 입은 리스를 구할 때를 포함해서 이제까지 두 번 사용한 적이 있었다.

하지만 이 시간 되돌리기 마법은 클라이로드 세계의 시공 운행에 지장을 초래하기에 신계가 엄중하게 관리하여, 사용자에게는 신계로부터 벌이 내려진다고 했다.

……하지만 훌리오의 경우에는 신계의 여신들에게 회복약을 제공한 것, 그리고 조피나의 중재 덕분에 엄중주의만으로 그친 것이었다.


"뭐, 훌리오 님께서 그렇게 말씀하신다면 따르겠습니다만……그저 납득하기가 어렵군요……."

타니아는 분노가 가시지 않는다는 표정을 지었지만 이내 다른 용건이 생각났는지 팔을 한번 휘둘렀다.

"아, 그러고 보니 훌리오 님, 조금 전 서간이 왔습니다."

그러자 그녀의 손에 봉투 한 통이 출현했다.

"이건…… 칼고시 해안을 통치하는 반비르 주니어 씨한테 온 편지 같네."

보낸 사람을 확인한 훌리오는 봉투를 뜯고 내용물을 꺼냈다.

그 편지는 클라이로드 마법국의 남방에 있는 칼고시 해안 일대를 통치하는 귀족, 반비르 주니어가 보낸 것이었다.

"반비르 주니어 님이라면, 전날 정기 마도선 취항식에도 방문해 주셨을 터인데……."

"어, 그런데……."

타니아의 말을 듣고 전날 행사 당시를 떠올리는 훌리오.

행사 당일……

굳이 칼고시 해안에서 방문한 반비르 주니어는 내빈석에 앉고 정기 마도선의 첫 항해에도 탑승했는데…….

'그러고 보니 그날 반비르 주니어 씨, 한마디도 하지 않았던 것 같은데…….'

당일 반비르 주니어의 행동을 떠올리던 훌리오는 그 사실에 생각이 미쳤다.

훌리오가 기억하다시피…….

행사에 참석한 반비르 주니어는 누구와도 대화를 나누지 않는 것은 물론, 인사하러 온 여왕조차 도망치듯이 피했었다.

반비르 주니어—— 칼고시 해안의 통치자는, 중증의 커뮤니케이션 장애를 가진 아가씨인 것이었다.

"그런 반비르 주니어 님께서 무슨 말씀을 하신 겁니까?"

"음…… 그게, 우선은 그날 행사 당시에 인사하지 못한 사죄……."

'……아, 인사를 못 했다는 자각은 있었구나, 반비르 주니어 씨.'

꼼꼼한 그 문장에 훌리오는 무심코 쓴웃음 지었다.

"그리고…… 칼고시 해안 근처에 새로운 재앙 마수가 숨어 있다는 모양이라, 토벌에 힘을 빌려 달라는데."

재앙 마수……

본래 클라이로드 세계에는 존재하지 않는 흉악한 마수종.

출현하면 신계의 사도들이 포박해서 신계의 지하 세계인 도고로구마로 쫓아내지만, 무수하게 존재하는 구상 세계에 불특정하며 불규칙하게 출현하기에 신계의 사도도 포박 작업에 때를 맞추지 못하고 때로 막대한 피해가 발생하는 경우도 많다고 한다.

천재지변의 근원으로 여겨지는 몬스터로서, 강력한 그 힘 때문에 신계의 사도가 한꺼번에 덤비더라도 쓰러뜨리기 힘들다고 한다.


"칼고시 해안의 앞바다에 차원의 틈이 존재하나 봐. 그래서 그 땅에는 재앙 마수가 쉽게 등장하는 것 같길래, 재앙 마수가 또 출현한다면 연락해 달라고 부탁해 뒀거든."

"그렇습니까. 그럼 바로 준비를 하죠."

"그러네. 그럼 다른 사람들한테도 이야기해서, 정기 마도선을 사용해서 놀러가 볼까."

"정기 마도선으로, 말입니까? 외람되오나 홀리오 님의 전이 마법을 사용하면 한순간에 이동할 수 있지 않습니까?"

"확실히 그렇지만, 리스도 그렇고 다들 정기 마도선으로 어딘가 여행을 가고 싶다니까. 칼고시 해안이라면 정기편을 운행하니까 마침 잘 됐다 싶어서."

"그렇군요. 그런 일이라면 바로 모두에게 연락 및 짐 준비를 시키도록 하겠습니다."

치맛자락을 들어 올리며 공손히 인사하는 타니아.

"응, 그럼 잘 부탁할게. 나도 준비해 둘 테니까."

그러더니 훌리오는 자리에서 일어나 문을 향해 걸어갔다.

그런 훌리오의 뒷모습으로 시선을 향하는 타니아.

'……신계의 사도라도 토벌하는 것이 힘들다는 재앙 마수를 토벌하러 가는데도, 가족 여행을 겸해서 토벌하시겠다니…… 역시 훌리오 님이십니다.'

훌리오는 재앙 마수를 이제까지 몇십 마리나 토벌했고, 그 시체에서 꺼낸 마석을 이용하여 정기 마도선 연료로 사용하고 있었다.

그 사실을 알고 있기에, 타니아는 그런 생각을 하는 것이었다.

◇며칠 뒤 호우타우 마도선 발착장◇

어느 휴일…….

정기 마도선 한 척이 탑승 타워를 벗어났다.

"와아, 드디어 출발이야!"

그 광경을 창문에서 바라보던 포르미나가 함성을 터뜨렸다.

그 주변에서는 고로와 벨라리오가 창밖을 바라보며 기쁜듯이 미소를 짓고 있었다.

"굉장해! 굉장해!"

와인도 창문에 얼굴을 갖다 붙이며 밖의 모습을 바라봤다.

"저, 저기…… 와인 언니, 그렇게 얼굴을 들이대면 좋지 않다고 생각해요······."

그런 와인의 등 뒤에서 모자를 쓴 리루나자가 머뭇거리는 모습으로 옷자락을 잡아당겼다.

그러자 만면의 미소를 짓고 있는 와인은 리루나자를 돌아보고 그녀의 목에 팔을 둘렀다.

"리루리루도 봐! 봐!"

"와, 와인 언니······ 아와와."

그 탓에 창문에 얼굴을 바싹 가져다 댄 모양새가 된 리루나자는 허둥지둥 양팔을 퍼덕였다.

흐흥! 흐흥!

그런 와인의 발밑에 사베어, 시베어, 스베어, 세베어, 소베어의 사베어 일가가 모여서 항의하는 목소리를 높였다.

천성적으로 마수들에게 사랑을 받는 리루나자는 사베어 일가 모두에게도 사랑을 받고 있어서, 그녀가 가는 곳에는 항상 따라다니는 것이었다.

"아핫♪ 사베사베네도 보고 싶어? 보고 싶어?"

그런 사베어 일가의 모습을 알아차린 와인은, 그렇게 말하기가 무섭게, 웃으면서 사베어 일가 전원을 끌어안고 창문 앞으로 이동시켰다.

그 덕분에 어떻게든 풀려난 리루나자는 안도의 한숨을 흘렸다.

그런 그들의 등 뒤로 엘리나자가 다가왔다.

"와인 언니, 다른 손님도 있으니까 너무 떠들면 안 돼요."

일동의 등 뒤에서 엘리나자가 미소로 말을 건넸다.

"응! 알았어, 에리에리!"

그런 엘리나자에게 미소로 대답하는 와인.

근처에 있던 다른 아이들도 함께 대답했다.

그 광경에 엘리나자는 만족스럽게 끄덕였다.


이날, 훌리오와 그의 일가 멤버들은 칼고시 해안행 정기 마도선을 타고, 아득히 남방에 있는 칼고시 해안을 향해 출발했다.

이른 아침의 상공은 본래 서늘하다.

하지만 공조 관리가 되는 정기 마도선 안은 적절한 온도로 유지되어 추위를 느끼는 사람은 하나도 없었다.

"역시 하늘에서 보는 광경은 최고구나."

창밖을 내려다보며 미소를 짓고 있는 가릴.

"정말, 최고다링!"

그런 가릴의 오른팔을, 호우타우 마법 학교의 동급생인 사리나가 끌어안았다.

이날을 위해서 새로 만든 얇은 원피스를 입은 사리나는 만면의 미소를 지으며 가릴의 팔에 뺨을 비볐다.

'……이렇게 가족 여행에 불러주다니…… 역시 나, 아내로 인정받은 거구나링…….'

그런 망상을 하며 입가에 침을 흘리는 사리나.

"이 여행에 부른 건 사리나만이 아니라고 인마!"

그런 사리나에게, 기합이 들어간 고스로리 의상을 입고 가릴의 왼팔을 끌어안은 아이리스테일이 손에 든 인형의 입을 복화술로 뻐끔뻐끔하며 말했다.

　낯을 가리는 탓에 인형을 통해서 대화하는 아이리스테일.

　참고로 마왕군 사천왕 중 하나, 베리안나의 동생이기도 했다.

　"뭔데링!"

　"뭐냐 인마!"

　가릴을 사이에 두고 서로 노려보는 사리나와 아이리스테일.

　그런 두 사람 뒤에 서 있는 스노우 리틀이 입술을 삐죽이며 바싹 다가왔다.

　"둘 다 너무해요! 저도 가릴 님과 함께 창밖의 광경을 만끽하고 싶은데!"

　동화족의 정장인 민속 의상을 입은 스노우 리틀은, 어깨를 들썩여 화내며 사리나와 아이리스테일을 교대로 바라봤다.

　그런 스노우 리틀을 향해.

　"그건 안 된다링!"

　싱긋 웃으며 거부하는 사리나와.

　"여긴 양보 못 한다 인마!"

　손에 든 인형의 입을 뻐끔뻐끔하며 복화술로 목소리를 내는 아이리스테일.

　"정말이지! 그쪽들이 그럴 생각이라면, 저한테도 생각이 있다고요!"

　그러더니 등에 멘 배낭 안에서 책 한 권을 꺼내는 스노우 리틀.

　"나오세요! 소인들!"

　스노우 리틀이 책을 펼치며 손을 뻗자, 책 자체가 빛을 발하고 안에서 소인들이 튀어나왔다.

——동화족 스노우 리틀.
그녀는 동화족만이 사용할 수 있다는, 이야기의 등장인물을 구현
화시키는 동화 마법을 사용할 수 있는 것이었다.

출현한 소인들은 사리나와 아이리스테일의 다리에 매달려 가
릴에게서 떼어 내려고 했다.
하지만 다들 체구가 작은 탓에 한꺼번에 매달려 봐야 사리나도
아이리스테일도 꿈쩍도 하지 않았다.
……그렇다. 아직 어린 스노우 리틀이 동화 마법으로 불러낼
수 있는 것은 소형에 무력한 등장인물로 한정되는 것이다…….
"다, 다들 열심히 하니까 이만 떨어져요!"
"상큼하게 웃으면서 거절하겠다링."
"이쪽도 마찬가지다 인마!"
서로 얼굴을 마주보는 세 사람.
그런 세 사람을 앞에 두고 마침 딱 가운데 위치에 서 있는 가릴
은, 미소를 짓고 세 사람의 얼굴을 교대로 바라보며 입을 열었다.
"다들 사이좋게 지내자고, 모처럼의 여행이니까."
그 미소를 본 사리나, 아이리스테일, 스노우 리틀은 눈동자를
하트로 만들며 가릴을 바라봤다.
""""예!""""
이윽고 스노우 리틀은 가릴 앞에 서게 되었지만, 이는 새로운

다툼의 시작일 뿐이었다.

"잠깐?! 사리나도 거기가 좋다링!"

"아이리스테일로 거기가 좋다고 한다 인마!"

"삼가 거절하겠어요."

그런 셋을 앞에 두고 가릴은 그저 쓴웃음 지을 수밖에 없었다.


"여전히 인기 많네, 가릴은."

그런 그들의 모습을, 옆의 창문 쪽에서 바라보고 있는 리슬레이.

그 옆에는 동급생 레이나레이나와 렙터의 모습이 있었다.

"그야, 가릴 군은 호우타우 마법 학교에서 가장 인기 있는걸."

"그렇지, 가릴은 멋있으니까. 성장한 뒤로는, 뭐라고 할까, 이렇게, 굉장히 신사라는 느낌이 되어서, 나도 그만 두근거릴 때가 있을 정도니까."

미소를 지으며 레이나레이나와 얼굴을 마주보는 리슬레이.

그 말에 리슬레이 뒤에 서 있던 도마뱀족 렙터는,

"뭐, 뭐어…… 확실히 가릴은 남자인 내가 봐도 멋있으니까……."

복잡한 표정을 지으며 꼬리를 안절부절 못 하고 좌우로 움직였다.

그 모습을 알아차린 레이나레이나가 렙터의 얼굴을 들여다봤다.

"어라? 리슬레이가 가릴 군한테 두근거렸다고 하니까 질투하는 걸까요?"

짓궂은 미소를 지으며 입가를 오른손으로 막는 레이나레이나.

"아, 아니거든?! 무, 무슨 소리야, 레이나레이나도 참……. 나,

나는 딱히 리슬레이를…… 그…… 귀엽다고 생각은 하지만…….”

얼굴을 새빨갛게 물들이고 허둥지둥하며 말하는 렙터.

그런 렙터를 바라보며 리슬레이 역시도 얼굴을 새빨갛게 물들였다.

“잠깐?! 렙터도 참, 무슨, 바보 같은 소릴 하는 거야?!”

렙터의 등을 찰싹 때리는 리슬레이.

“아, 아니, 저기…… 뭐라고 할까…… 그게…….”

그 말에 렙터는 더욱 허둥댔다.

서로가 서로를 의식한다는 것은 누가 보더라도 명백했다.

그런 렙터의 등 뒤에 갑자기 거대한 그림자가 출현했다.

“자네, 렙터 군이라고 했나? 우리 리슬레이랑, 대체 어떤 관계지?”

렙터의 머리를 덥석 붙잡은 것은 리슬레이의 아버지 슬레이프였다.

“예? 저, 저기…… 그게……. 전, 리슬레이의 동급생인데…….”

“호오? 동급생이라고? 그건 그렇고 묘하게 허물이 없는 느낌이다만?”

싸늘한 눈빛으로 렙터의 안면을 들여다보는 슬레이프.

엄청난 그 압력을 앞에 두고 렙터는 온몸에서 비지땀을 흘렸다.

“자, 잠깐만 파파, 뭘 하는 거야!”

그런 슬레이프의 등을 리슬레이가 당황해서는 퍽퍽 때렸다.

“음, 하지만 말이다 리슬레이, 네 교제 상대라면 아버지인 나로서는 처음부터 단단히…….”

"그러니까, 렙터는, 아직 남자친구 같은 게 아니니까!"

"으음? 하지만 조금 전의 분위기는……."

"그러니까!"

그런 대화를 펼치는 슬레이프와 리슬레이를 훌리오는 쓴웃음 지으며 바라봤다.

'……딸이 있으면 저런 걱정도 해야 하는구나…….'

그런 생각을 하며 훌리오는 엘리나자에게 시선을 향했다.

다른 아이들을 상대하던 엘리나자는 훌리오의 시선을 깨닫고 싱긋 미소를 지었다.

"난 파파 이외의 남성한테 흥미는 없으니까 걱정할 것 없어."

"고, 고마워, 엘리나자……."

미소를 짓고 있는 엘리나자에게 쓴웃음 지으며 대답하는 훌리오.

'그렇게 말해 주는 건 기쁘지만, 조금 복잡한 기분이네…….'

그런 생각을 하는 훌리오 옆으로 리스가 다가왔다.

"괜찮아요, 엘리나자도 그럴 나이가 되면 틀림없이 멋진 상대를 찾을 테니까."

"그, 그렇겠지. 응."

'……정말로, 그렇게 된다면 좋겠는데…….'

리스의 말에 미소로 끄덕이는 훌리오지만, 속으로는 그런 생각을 하며 쓴웃음을 지었다.

"핫핫핫, 아이를 가지니 서로 이래저래 걱정이 끊이질 않는군."

그런 훌리오 곁으로 고자르가 웃으며 다가왔다.

"고자르 씨도 포르미나랑 고로의 장래 반려가 벌써부터 신경 쓰이나요?"

"아니, 나랑 우리미나스는 그렇게까지 신경 쓰지는 않는다만, 발리로사가 말이지."

쓴웃음 지으며 발리로사에게 시선을 향하는 고자르.

"그, 그건 당연하지 않나, 고자르 경. 전직이라고는 해도 마왕의 장남이라고?! 그런 존재의 결혼 상대라면 걸맞은 상대여야……."

그 시선을 깨달은 발리로사는 뺨을 붉게 물들이며 고자르와 훌리오에게 말했다.

"그렇게까지 걱정할 필요는 없다고 항상 말하지 않나. 우리는 우리, 고로는 고로다. 그렇지, 고로."

팔짱을 낀 고자르 곁으로 고로가 타박타박 다가왔다.

고자르의 다리에 매달리더니 익숙한 동작으로 그의 몸을 타고 순식간에 머리 위로 올라갔다.

"……난, 포르미나 누나랑 결혼할래."

득의양양한 얼굴로 그렇게 단언하는 고로.

그런 고로의 머리를 쓰다듬으며 즐겁게 웃음을 터뜨리는 고자르.

"뭐, 지금 고로의 마음은 이러니까 말이다."

"아, 아니, 확실히 지금은 누나인 포르미나랑 같이 행동할 때가 많으니까 그렇게 생각하는 것도 어쩔 수 없지만, 앞으로의 일을 말이지……."

호쾌하게 웃는 고자르에게 발리로사는 필사적으로 호소했다.

"······발리로사도 이래저래 마음고생이 끊이질 않는 것 같네."

그런 두 사람을 훌리오는 쓴웃음 지으며 바라봤다.

"발리로사는 괜찮아요, 결혼해서 아이도 생겼고."

그곳으로 블로섬이 다가왔다.

블로섬은 농사일로 그을린 팔을 뒤통수에서 맞잡으며 미간에 주름을 지었다.

"빌레리도 결혼해서 아이가 생겼고, 생각도 안 했던 벨라노까지 어느새······ 기사단 시절부터 같은 파티였는데, 어째서 나만 남겨졌을까요······ 우후후······."

자조하듯 웃으며 어깨를 떨어뜨리는 블로섬.

"괘, 괜찮아 블로섬. 너도 아직 젊으니까 조만간에 괜찮은 사람을 찾을 수 있을 거야."

훌리오는 평소의 시원스러운 미소를 짓고 블로섬의 어깨를 두드렸다.

"그래요, 블로섬. 홀리스 잡화점에서도 당신은 인기 있으니까, 그렇게 심각하게 생각할 필요는 없지 않나요?"

고개를 갸웃거리며 블로섬을 바라보는 리스.

리스가 말했다시피, 항상 활기차고 호쾌한 웃음이 끊이지 않는 블로섬에게는, 홀리스 잡화점에 채소를 반입하러 올 때마다 많은 사람들이 말을 건네었다······만······.

"저기, 리스 님······ 내가 인기 있는 건 이미 결혼한 아저씨나 아이들이 상대인 거지, 적령기의 남성한테는······."

"어머? 아직 어릴 때에 찜해 놓으면우우웁."

진지한 표정인 리스의 입을 훌리오가 황급히 양손으로 막았다.

("……리스, 그건 여러모로 문제가 있으니까…….")

("……서, 서방님께서 그렇게 말씀하신다면 이 제안은 취소할게요.")

귓가에서 훌리오가 속삭이자 고개를 끄덕이는 리스.

그것을 확인한 훌리오는 안도의 한숨을 흘리며 다시금 블로섬을 돌아봤다.

"어, 어쨌든 너무 초조해하지 말자고, 블로섬."

"그, 그러네요. 지금은 그럴 수밖에 없겠죠."

그런 대화를 나누며 두 사람은 함께 웃었지만,

'아니, 그래도…… 훌리오 님의 말대로 확실히 문제는 있지만, 리스 님의 제안도 일고의 여지가 있을지도…….'

블로섬은 머릿속 한구석으로 몰래 그런 생각을 했다.

그런 블로섬에게 칼시므가 컵을 건넸다.

"자자, 블로섬 경. 이거라도 마시고 진정하시게. 오늘 매점의 차는 특히 절품이니까."

허허허 웃는 칼시므.

그의 머리 위에는 평소처럼 딸 라비츠가 찰싹 달라붙어서 몸을 감고 있었다.

컵을 받아들며 블로섬은 매점으로 시선을 향했다.

그 시선 앞, 매점 안에서는 차룬이 직접 탄 차를 손님에게 건네는 모습이 있었다.

"오늘 매점 담당은 차룬이었나. 차룬이 탄 차라면, 그야 당연히 맛있지."

"음음, 오늘 손님들에게도 무척 호평이야."

서로 미소를 지으며 차를 호로록 들이키는 칼시므와 블로섬.

훌리오도 차룬에게 차를 받아서는, 선내의 모두를 둘러보며 평소의 시원스러운 미소를 짓고 있었다.

"저기, 서방님."

"왜 그래, 리스?"

"우리 집의 모두를 동행시키는 건 그렇다 치고, 엘리나자와 가릴의 동급생도 동행을 시켰는데 괜찮을까요? 이번 목적은 재앙 마수 토벌인데……."

"음, 뭐, 괜찮지 않을까? 도고로구마에서도 문제는 없었고."

일찍이 도고로구마 세계에 재앙 마수를 붙잡으러 간 훌리오는, 도고로구마 세계에 마법으로 별장을 세우고 정원에서 바비큐를 만끽하며 겸사겸사 재앙 마수를 잔뜩 붙잡았다.

그때에 사용한 별장은 지금도 도고로구마 세계에 남아, 훌리오가 정기적으로 재앙 마수를 잡으러 갈 때의 거점이 되어 있었다.

"게다가 엘리나자랑 가릴도 이제 곧 졸업이니까, 모두와 추억을 만들 수 있지 않을까 싶었거든."

"그도 그러네요……."

훌리오의 말에 크게 끄덕이는 리스.

두 사람의 시선 앞에는 친구들과 담소를 나누는 엘리나자와 가릴이 있었다.

그 옆에는 사베어 일가에게 둘러싸인 리루나자의 모습도 있었다.

사이좋은 세 사람의 모습을, 홀리오와 리스는 미소로 바라봤다.

그런 일행을 태운 정기 마도선은 구름 위를 항해하며, 구름 사이로 지상의 풍경을 바라볼 수 있었다.

승객들은 그 광경을 즐기며 목적지에 도착할 때까지의 시간을 만끽할 수 았었다.

◇칼고시 해안◇

몇 각 후…….

구름 위를 항해하던 정기 마도선이 고도를 낮추기 시작했다.

"아무래도 슬슬 칼고시 해안에 도착한 모양이네."

다시 창밖으로 시선을 향하는 홀리오.

"어라? 뭔가 하는데? 하는데?"

출발할 때부터 계속 창문에 안면을 가져다 대고서 창밖을 살피던 와인이, 창밖을 바라보며 목소리를 높였다.

"뭔가…… 한다고?"

와인의 말을 듣고 홀리오는 다시 창밖을 응시했다.

다른 승객들도 홀리오에 이어서 일제히 창밖으로 시선을 향했다.

그런 일동의 시선 앞, 정기 마도선의 아래에서는 칼고시 해안을 통치하는 귀족 반비르 가의 현 당주 반비르 주니어가 마도선 근처까지 높이 날며 아래를 향해 마법탄을 연사하는 모습이 있었다.

반비르 주니어가 발사한 마법탄은 바다 위를 이동하는 거대한 마수에게 쏟아졌다.

"크, 클라이로드 성에도 통신으로 원군을 요청했으니까…… 원군이 올 때까지 어떻게든 막아내야 해……."

마력을 전개하여 마수를 향해 마법탄을 잇따라 퍼붓는 반비르 주니어.

하지만 계속해서 마법탄 직격을 당하면서도 거대한 마수는 아무 일도 없다는 듯 해안을 향해 진격했다.

마수 후방으로 해적선단이 뒤따르고, 포격을 펼치며 해안으로 향했다.

그 전방에 가로 1열로 늘어선 반비르 주니어의 깃발을 내건 선단이, 마수와 해적선을 향해 계속 포격을 가했다.

"에잇! 여기서 어떻게든 막아 내는 거다 이 자식들! 여기서 버텨 내지 못한다면 반비르 주니어 호위선단장 에드서치의 이름에 금이 간단 말이다!"

선단 중앙에 자리잡은 한층 커다란 배의 선수에 서서 양팔을 휘두르며 다른 배를 향해 지시를 날리는 에드서치.


이 에드서치…….

일찍이 검은 수염 해적단을 이끌고서 반비르 주니어를 무찔러, 칼고시 해안을 자신의 세력 하에 넣고 다스리며 반비르 주니어를 아내로 맞이하겠다며 날뛰었지만…….

홀리오 일행의 협력을 받은 반비르 주니어 앞에서 완벽할 정도로 박살이 나고, 끝내는 마족 해적단까지 지배 아래에 가세하여 대세력이 된 반비르 주니어 앞에 맥없이 항복하여 그녀의 부하가 된 것이었다.


"누가 선단장이냐! 이 선단의 책임자는 나다! 멋대로 선단장을 자칭하지 마라!"

에드서치가 타고 있는 배의 뱃머리 앞에서 기골이 장대한 거인이 일어섰다.

긴 백발에 덥수룩한 머리카락을 마구 휘날리며, 들이닥치는 마수를 향해 똑바로 다가가는 그 거인──포르세이돈.


──포르세이돈.

칼고시 일대를 통치하는 귀족 반비르 가를 섬기는 측근 중 하나로 해인족 노병.

길고 복슬복슬한 수염을 가진 마초스러운 할아버지로, 일시적으로 거대화할 수 있다.


"야, 인마! 거기 서면 포격을 못 하잖아!"

"멍청한 녀석! 그걸 어떻게든 하는 게 네 실력이겠지! 이봐, 로린데므! 냉큼 오지 못하겠느냐!"

오른팔을 뻗는 거인.

그러자 거인의 후방을 평영으로 쫓아가던 갈색으로 그을린 피부의 자그마한 소녀가 쓴웃음을 지었다.

　"정말이지, 포르세이돈 영감도 참. 오랜만에 자기 차례라고 너무 흥이 난 것 같네?"

　──로린데므.
　칼고시 일대를 통치하는 귀족 반비르 가를 섬기는 측근 중 하나로 경질 슬라임족 여자.
　항상 햇볕에 새카맣게 그을린 소녀의 모습을 하고 있다.

　다음 순간, 로린데므의 몸이 빛나고 거대한 창으로 모습을 바꾸었다.

　"자자, 내 번쩍번쩍한 나이스 바디로 냉큼 적을 쓰러뜨리는 것 같네?"

　"치워라! 겉보기만 젊고 나랑 동년배인 주제에!"

　"잠깐?! 그런 말은 하면 안 되는…… 것 같네?!"

　곤혹스러운 목소리를 높이는 창 상태의 로린데므.
　그것을 덥석 붙잡더니 포르세이돈은 마수를 향해 돌진했다.
　그 머리 위를 한 마리 괴조가 비행하고 있었다.

　"정말이지, 어째서 이런 날에 습격하는 거냐샤~! 오늘은 중요한 사람이 오는 날인데샤~!"

　입에서 불꽃을 내뿜으며 포르세이돈을 따라 마수에게 향하는 괴조 로프론스.

――로프론스.

칼고시 일대를 통치하는 귀족 반비르 가를 섬기는 측근 중 하나로 괴조족.

커다란 괴조의 모습으로 변화할 수 있지만 평소에는 자그마한 남자아이.


그 뒤로 거대한 오징어 모습을 한 마족 여자들이 따라갔다.

이 마족들도 일찍이 반비르 주니어와 적대하던 이들이지만 훌리오와 그녀 앞에 패배, 그 이후로 반비르 주니어의 부하가 되었다.


훌리오 일행이 탑승한 정기 마도선 아래쪽에서, 반비르 주니어 무리와 마수를 중심으로 하는 해적선단이 격렬한 공방을 펼치고 있었다.

"에잇, 젠장! 이 커다란 게! 얌전히 박살나라!"

"자, 잠깐만 영감?! 좀 더 섬세하게 취급해……인 것 같네?!"

로린데므 창을 휘두르는 포르세이돈은 자신보다도 거대한 마수를 앞에 두고서 고전을 강요당하고 있었다.

"에잇, 젠장! 선회해라! 포탄을 빠져나가며 정확한 포격을 노려라!"

에드서치가 이끄는 선단도 역전의 강자인 그의 지휘로 선전하고 있지만, 두 배에 가까운 숫자의 해적선단을 앞에 두고서 열세를 강요당하고 있었다.

그런 공방을 정기 마도선의 창문에서 내려다보는 훌리오 일행.

'……어쩌면 반비르 주니어 씨 일행이 싸우고 있는 마수가, 서간에 있던 재앙 마수일지도 모르겠지만…… 그렇다고 해도 해적 선단은 대체 뭐지? 마수가 지휘하고 있을 리는 없을 테고…….'

시야 아래의 광경을 바라보며 생각에 잠긴 훌리오.

그런 훌리오의 손을 리스가 잡아당겼다.

"서방님, 조력에 나서죠."

리스는 아랑족의 이빨과 꼬리를 이미 구현화시켜서 임전태세를 취하고 있었다.

"그러네…… 이것저것 생각하는 것보다도, 지금은 마수들을 배제하는 게 우선이야."

리스의 말에 끄덕이는 훌리오.

그런 훌리오 곁으로 가릴이 다가왔다.

"아버지, 저도 갈게요."

외투를 벗으며 미소를 짓는 가릴.

그런 가릴 뒤를 따라오는 사람들이 있었으니.

"가가가, 가릴 님이 가신다면, 나나나, 나도 가겠다링!"

사리나가 무릎을 부들부들 떨면서도 가릴에게 달려왔다.

"아아아, 아이리스테일도 같이 가겠다고 한다 인마!"

입가에 인형을 대고 그 인형의 입을 뻐끔뻐끔하며 복화술로 말을 꺼내는 아이리스테일.

"저, 저기…… 저, 저도 같이 가고 싶어요."

양손에 동화책을 잔뜩 안고 있는 스노우 리틀도 가릴 곁으로 달려갔다…… 하지만 책이 너무 많아서 앞이 안 보이는지 휘청휘청하며 똑바로 나아가지를 못했다.

그런 가운데, 사리나가 가릴의 팔을 끌어안았다.

"……가릴 님, 죽을 때는 함께다링."

굳은 미소를 지으며 가릴을 올려다봤다.

그런 그녀들을 조금 떨어진 장소에서 바라보던 리슬레이.

"그러네…… 기왕이면 학교에서 배운 마법을 시험해 보고 싶을지도."

"어어?!"

그 말에 동요한 목소리를 높이는 렙터.

"저저저, 저기 리슬레이. 너무 위험한 일은 하지 않는 게 좋지 않을까?"

"어라? 가고 싶지 않다면 딱히 안 가도 돼. 아하하, 어쩐지 팔이 근질근질한데!"

"자, 잠깐만…… 아, 안 간다고는 안 했잖아…… 그보다도, 널 남겨 놓고 갈 수 있겠냐고……."

"……어?"

"어, 아, 아니…… 아, 아무것도 아냐……."

"……저, 정말…… 이상한 소리 말라고."

"으, 응…… 뭐, 뭔가 미안해."

리슬레이와 렙터는 어느샌가 서로 얼굴을 붉히며 고개를 숙였다.

그곳으로 엘리나자가 다가왔다.

"다들 무리할 것 없어. 여긴 내가 맡을 테니까."

엘리나자 역시도 이미 양손 앞으로 마법진을 전개시켜서 임전태세에 들어가 있었다.

앞머리에 가려진 이마의 보옥도 빛을 발하고, 언제든지 마력을 전개할 수 있도록 준비를 갖추고 있었다.

"저, 저기…… 엘리나자 언니가 간다면, 저도……."

그 뒤로 리루나자가 달려왔다.

그녀의 발밑에 사베어를 필두로 시베어, 스베어, 세베어, 소베어도 달려와서는 다들 뒷발로 일어서더니 흐흥! 기합을 넣은 울음소리를 높였다.

그런 일동을 둘러보며 미소를 짓는 가릴.

"다들 기합을 넣고 있지만…… 우리 차례가 과연 있을지, 그쪽이 걱정인데……."

"어?"

가릴의 말에 사리나의 눈이 점으로 바뀌었다.

다른 이들도 주위를 둘러보며 눈을 동그랗게 떴다.

"어, 어라…… 와인 언니가 없어…… 게다가 파파랑 마마도……."

주위를 둘러보며 곤혹스러운 목소리를 높이는 리루나자.


그런 일동 앞으로 머리에 라비츠를 얹은 칼시므와 차룬이 걸어왔다.

"허허허, 뭐, 차룬이 타준 차라도 마시면서 쉬는 건 어떻겠느냐? 이미 다들 출발해 버렸으니까."

해골의 뼈를 달그락거리며 웃는 칼시므.

그 옆에서 차룬이, 차가 담긴 컵을 모두에게 나누어 주었다.


◇해적선 위◇

해적선단의 기함인 대형선의 갑판 위.

"흠, 아직도 반비르 주니어의 부하들을 붙잡지 못했군, 요……."

해적선단의 선장 브리독은 고상하게 정리된 턱수염을 만지며
전방을 응시했다.

호화로운 장식이 빼곡하게 장식된 의상을 입은 브리독은, 오른
쪽 눈에 낀 단안경을 조정하며 한숨을 내쉬었다.

그 옆으로 부하 해적이 달려왔다.

"브리독 선장님, 좌우의 배가 마수에게 고전 중인 반비르 주니
어의 측근들을 포위하려 하고 있지만, 에드서치의 선단이 아무래
도 방해가 되어서……."

"흠…… 반비르 주니어에게 패배하고 해적의 영혼을 팔아 버린
얼간이치고는 꽤나 노력하고 있군, 요."

브리독은 단안경을 벗고 가슴주머니에 있던 손수건으로 닦았다.

"어쩔 수 없군요. 우리가 조작하고 있는 저 마수를 에드서치의
선단까지 돌진시킵니다. 대열이 무너진 참에 반비르 주니어의 측
근과 함께 포위하고 섬멸해 버리죠."

"예, 알겠습니다."

경례를 하더니 부하 남자는 선미를 향해 달려갔다.

"……이것 참, 그건 그렇고 성가신 의뢰로군요……. 희소한 종족인 반비르 주니어의 부하들을 생포해 와라, 라니……. 그렇지만 옛날부터 이래저래 신세를 지고 있는 분의 의뢰니까 함부로 내칠 수도 없군, 요……. 이 장사도 결국 신용으로 성립하는 것이니까요……."

그는 단안경을 하늘로 들어 오염 상태를 확인했다.

"그렇지만 그분도 최근에는 무척 전락하신 모양이니까…… 슬슬 때가 되었을지도 모른다, 싶군요……."

단안경을 다시 오른쪽 눈에 끼더니 다시금 전방으로 시선을 향했다.

"여하튼 받아들인 이상, 이번 의뢰는 완벽하게 수행하도록……."

"콰과~앙!"

"응?"

브리독이 전방을 보고 있었더니, 웬 여자 목소리가 주변 일대에 울려 퍼졌다.

동시에 전방에 거대한 물기둥이 솟아오르고, 브리독의 해적선한 척이 둘로 쪼개졌다.

"……어?"

바닷속으로 가라앉는 해적선을 바라보며 눈을 동그랗게 뜨는 브리독.

"……어, 어떻게 된 겁니까? 저 위치의 해적선에 에드서치의 포격이 닿을 리가 없고…… 반비르 주니어나 그의 측근들은 마수를 상대하느라 손이 닿지 못하는 상태일 텐데……."

◇ ◇ ◇

"푸하아! 아하하, 기분 좋아! 기분 좋아!"

바다 속에서 미소를 지은 와인이 튀어나왔다.

양팔을 용으로 변화시킨 와인은, 상공에서 급강하해서 브리독의 해적선을 일격에 둘로 쪼갠 것이었다.

바다 위에서 머리만 내밀고 기쁜 듯 웃는 와인.

"음…… 첫 공격을 와인한테 뺏겨버렸나."

망토를 나부끼며 와인의 상공에 떠 있는 고자르가 살짝 불만스럽다는 표정을 지었다.

"……그렇다면 나는 숫자로 공적을 올리기로 할까."

오른팔을 들어 올리자 고자르의 상공에 거대한 빛의 공이 출현했다.

그 공이 이윽고 거대한 주먹의 형태로 줄어들었다.

"흠!"

고자르가 기합도 대충 오른팔을 휘두르자 그 주먹이 해적선을 향해 떨어졌다.

──마왕의 철퇴.

엄청난 그 위력 앞에, 일격에 해적선 절반 이상이 수장되었다.

"아~! 치사해! 치사해! 와인도! 와인도오!"

와인이 날개를 퍼덕여 황급히 상승했다.

"샤아?!"

"호에?! 으닷?!"

그런 와인의 상공을 비행하던 로프론스에게, 급상승한 와인이 머리를 처박았다.

그 기세로 해안을 향해 호쾌하게 날아가는 로프론스.

"아와와?! 로프로프?!"

머리를 문지르며 로프론스를 쫓아가는 와인.

그 뒤쪽에서 고자르는 망토를 나부끼며 계속 팔을 휘둘렀다.

"오랜만이니까 말이다, 화려하게 날뛰도록 하겠다!"

순식간에 해적선 대부분이 수장되었다.

"……뭐야, 벌써 끝이냐……."

"자, 잠깐만 고자르! 혼자서 전부 정리해 버리다니 너무해요!"

홀리오의 마법으로 등에 날개를 구현화시킨 리스가 당황해서는 고자르 곁으로 날아갔다.

고자르는 그런 리스의 눈앞에서 상쾌한 표정으로 주위를 둘러봤다.

'고로하고 포르미나한테 멋있는 모습을 조금 더 보여주고 싶었는데…….'

속으로는 그런 생각을 하는 고자르였다.

그런 두 사람 뒤쪽에서 비행 마법으로 다가오는 홀리오.

'아무래도 내 차례는 없겠네.'

홀리오는 그런 생각을 하며, 바다 위에 떠도는 해적들을 위해서 구명보트를 해상에 출현시켰다.

그 광경을 아이들은 정기 마도선을 창문에서 내려다보고 있었다.

"……다, 다들 굉장하다링."

창밖의 광경을 바라보며 눈을 동그랗게 뜨는 사리나.

그 옆에서 아이리스테일도 인형 입을 뻐끔뻐끔하는 것도 잊고 멍하니 서 있었다.

"화, 확실히 이건…… 가릴 님이 말씀한 것처럼, 저희가 나갈 무대는 없어 보이네요……."

납득한 듯 끄덕이는 스노우 리틀.

그런 일동을 둘러보며 가릴은 쓴웃음을 지었다.

"다들, 굉장한 사람들뿐이니까…… 뭐, 당연하다면 당연한 결과야."

그런 가릴 주위에서는 마찬가지로 차례가 늦은 엘리나자나 슬레이프 등등이 분하다는 표정을 짓고 있었다.

"아앙, 정말! 파파한테 멋있는 모습 보여주고 싶었는데."

"젠장! 내 용맹한 모습을 리슬레이랑 빌레리의 눈에 새겨 두고 싶었는데!"

그런 일동 곁으로 머리 위에 라비츠를 얹은 칼시므와 차룬이 걸어왔다.

"자자, 여러분. 기왕 이렇게 되었으니, 차룬이 타준 차라도 마시며 모두를 응원이라도 하지 않겠나."

"자, 받으시는검다."

모두에게 포트에 담긴 차를 나누어 주는 차룬.

"감사합니다, 차룬 씨."

가릴이 미소로 그것을 받아들었다.

그리고 컵을 여러 잔 받아 들어서 사리나나 아이리스테일, 스노우 리틀에게 먼저 나누어 주었다.

다른 사람들도 차룬에게서 차를 받아 들었다.

어느샌가 마도선 안에는 느긋한 분위기가 감돌았다.

"대, 대체 무슨 일이 벌어진 겁니까……."

브리독은 해적선 잔해를 둘러보며 눈을 부릅뜨고 굳어 있었다.

브리독의 해적선은 마수의 그림자에 숨듯이 있었던 덕분에 고자르가 펼친 마왕의 철퇴에 피해를 입지 않았지만, 다른 배는 전부 수장되었다.

"이, 이렇게 되어버렸다면 어쩔 수 없군, 요…… 마수의 호위를 받으면서 철수합니다……."

오른손으로 후방에 신호를 보내는 브리독.

그 신호를 받고 후방에서 지팡이를 들고 있던 마법사가 새로이 영창을 시작했다.

지팡이 끝부분이 빛을 발하고 그에 호응하듯이 마수의 머리에 달린 마석도 빛났다.

그러자 큰 울음소리를 높인 마수는 천천히 바다를 향해 이동을 개시했다.

"……안 돼…… 놓치지 않아!"

그 상공으로 반비르 주니어가 날아가서 마수를 향해 양손을 휘둘렀다.

──별똥별 산탄파.

빛의 구슬이 차례차례 마수의 머리 위를 덮쳤다.

"좋아, 지금이다! 가자고, 로린데므!"

로린데므가 변화한 창을 휘두르며 돌진하는 포르세이돈.

"자, 자, 자, 잠깐만, 너무 휘두른다니까……인 것 같네?!"

창에서 비명과도 닮은 목소리가 터져 나왔다.

돌진하는 그들에게 대비하여 자세를 취하려 하는 마수.

하지만 반비르 주니어의 공격이 쏟아졌기에 제대로 방어할 수가 없었다.


그 광경을 훌리오는 근처 상공에 머무르며 바라보고 있었다.

"……저 마수, 꽤 강하구나. 반비르 주니어 씨의 공격을 받고 있는데도 대미지는 없는 것 같아."

훌리오의 말대로 반비르 주니어의 공격으로 움직임이 제한당하고는 있다지만, 그것은 대미지를 받아서 그런 것이 아니라 브리독의 해적선을 감싸기 위해서였다.

"이대로는 놓쳐 버릴 것 같으니까 돕는 편이 나을까."

그러더니 훌리오는 마수를 향해 양손을 뻗었다.

뒤이어 영창하자 그 손앞으로 마법진이 전개되었다.

GUA?

마수는 몸에 위화감을 느꼈는지 그 자리에서 움직임을 멈췄다.

"어, 어떻게 된 거냐?!"

마수의 상태가 이상해진 것을 깨달은 포르세이돈이 눈을 동그 랗게 뜨며 주위를 둘러봤다.

다음 순간, 마수의 머리 위에 거대한 마법진이 출현해서 그 몸 을 감쌌다.

마수는 필사적으로 몸을 움직여 마법진에서 도망치려고 했다.

하지만 그 마법진은 순식간에 둘, 셋이 출현해서 마수의 거대 한 몸을 뒤덮었다.

"……좋아, 제대로 된 모양이야."

체공하며 마수를 향해 마법진을 전개하던 홀리오는 뻗고 있는 양팔을 교대로 회전시켰다.

그러자 마수 주위에 전개하고 있던 마법진이 엄청난 빛을 발하 기 시작했다.

"으앗?! 누, 눈 부셔?!"

"링?!"

"이, 이건 뭐냐 인마?!"

"뭐, 뭔가요?!"

마도선에서 이 광경을 바라보던 가릴, 사리나, 아이리스테일, 스노우 리틀도 무심코 눈을 가렸다.

그리고 그 빛이 사라지자 그곳에 있었을 터인 마수의 모습이 사라졌다.

"……무, 무슨 일이 일어난 것이냐?!"

그 광경에 눈을 동그랗게 드는 포르세이돈.

"어~…… 무, 무슨 일이 있었어? ……인 것 같네……."

너무 휘둘려서 눈이 빙빙 도는 창 상태인 로린데므가 힘 빠진 목소리를 높였다.

"……?! ……?! ……?!"

마수의 상공을 선회하던 반비르 주니어도 눈을 동그랗게 뜨며 주위를 둘러봤다.

체공하며 마법진을 전개하고 있던 훌리오는 만족스럽게 고개를 끄덕였다.

"응, 마법진으로 제대로 붙잡을 수 있었나 보네."

훌리오가 눈앞에 전개한 윈도 안에는, 훌리오의 소지품 저장 공간 안에 마수가 수납되어 있음을 가리키는 아이콘이 깜박이고 있었다.

"자, 마수에 대해서는 나중에 자세히 조사하기로 하고…… 남은 건 저 배를 어떻게든 해야겠지."

훌리오가 시선을 향한 곳에는 그때까지 마수의 그림자에 가려져 있던 브리독의 해적선이 있었다.

이미 주위의 해적선은 전부 침몰해서 다른 해적선의 모습은 없었다.


그 해적선 위…….

"음, 이건 곤란하군요…… 이 상태에서 도망치려면 어떤 방법을 써야 할지…….."

홍차가 든 컵을 들고 입으로 옮기는 브리독.

"브리독 님……."

그 뒤에서 조금 전까지 지팡이를 써서 마수를 조종하던 마법사가 다가왔다.

"흠…… 어쩔 수 없군요. 배를 버리고 이 자리에서 이탈할까요."

"알겠습니다."

브리독의 말을 듣고 경례를 한 여마법사가 지팡이를 한번 휘둘렀다.

그 순간, 브리독과 마법사 주위에 마법진이 전개되었다.

브리독은 입가에 미소를 짓더니 상공의 반비르 주니어에게 시선을 향했다.

"오늘은 이만 실례하겠습니다만, 조만간에 다시 올 테니……."

오른팔을 가슴 앞에 대고 과장스러운 동작으로 인사하는 브리독.

마법사 여자가 다시 지팡이를 휘두르자 두 사람의 몸이 빛으로 뒤덮였다.

"저, 전이 마법?!"

그들의 의도를 알아차린 반비르 주니어가 브리독을 향해 급강하했다.

하지만 그보다도 빠르게 브리독과 여마법사의 모습은 그 자리에서 사라졌다.

"후우…… 조금 위험했지만 아무래도 무사히 전선을 이탈할 수 있었나 보군요."

"과연, 그건 어떨까요?"

"……음?"

들은 적 없는 목소리에 브리독은 주위를 둘러봤다.

브리독 주위는 전체적으로 하얗고, 주위에는 아무것도 존재하지 않았다.

"……여긴? 전이 마법으로 대체 어디로 이동한 겁니까?"

"아, 아뇨…… 이, 이런 장소로 이동할 생각은 없었는데……."

서로 얼굴을 마주보며 곤혹스러운 표정을 짓는 브리독과 여마법사.

그런 두 사람 뒤쪽에서 한 인물이 모습을 드러냈다.

"여긴 제 정신세계 안입니다."

"정신세계 안? 당신은 대체 무슨 말을 하는 겁니까?"

"어라…… 정신세계도 모르는 교양 없는 분이셨습니까, 이건 실례했습니다."

두 사람 앞에서 공손히 인사하는 그 인물.

"제 이름은 히야…… 빛과 어둠의 근원을 관장하는 마인이자 지고하신 주인님을 섬기는 자."

"히야…… 서, 설마 이, 일찍이 클라이로드 마법국을 궤멸 직전까지 몰아넣었다는, 그……."

브리독의 뺨을 타고 땀이 흘렀다.

"그, 그그, 그…… 그렇다는 건…… 여긴, 마인 히야의 정신세계 안……이라는 게…….”

"어라, 거기 여성분은 이 세계에 대해 다소 아는 모양이군요.”

히야가 가치를 재듯이 여마법사를 발밑에서 머리까지 바라봤다.

"다만, 안타깝게도 제 친구와 함께 수련을 하기에는 지나치게 나약한 것 같군요…….”

그러면서 히야가 여마법사를 향해 오른손을 뻗었다.

"어, 어어어어어어어어어?!”

그 손앞에 마법진이 출현하자, 여마법사의 몸이 순식간에 마법진 안으로 빨려 들어갔다.

"……흠, 역시 이 정도 마력량으로는 마석 생성에 도움이 되지도 않는군요…… 어쩔 수 없으니까 이 세상에서 지우기로 할까요.”

"지, 지우다니…… 저, 저 여마법사는…… 나름대로 실력이 있었을 텐데요…….”

태연을 가장하면서도 브리독의 목소리는 살짝 갈라져 있었다.

그런 브리독 앞에서 쓴웃음을 짓는 히야.

"안타깝게도 제 기준에 충족하는 사용자는 아니었군요.”

히야가 오른손을 휘두르자 그 뒤쪽에서 두 여자가 모습을 드러냈다.

"이 두 사람은 제 수련 동료. 암흑 대마도사 다말리나세와 사계 대마도사 마호리온입니다. 나름대로 실력이 있다면, 이 정도 수준은 되어야겠죠.”

히야가 입가에 미소를 머금었다.

그 오른쪽으로 다말리나세, 왼쪽으로 마호리온이 걸어 나왔다.

"히야 님, 이 녀석 어떻게 하나요?"

"제 마법으로 순식간에 없앨까요?"

함께 팔 앞으로 마법진을 전개하는 두 사람.

그런 두 사람 앞으로 걸어나오는 히야.

"본래라면 진즉에 이 세상에서 없애 버렸을 참입니다만……."

◇ ◇ ◇

"저, 저기…… 또 신세를 지고 말아서, 정말로, 뭐라고, 가, 감
사를 드려야 할지……."

반비르 주니어가 얼굴을 새빨갛게 물들이며 훌리오를 향해 말
을 꺼냈다.

그런 반비르 주니어의 모습을 훌리오는 평소의 시원스러운 미
소를 지으며 바라봤다.

'……낯가림은 여전한 모양이구나…….'

"아뇨, 그렇게 신경 쓰지 마세요. 그보다도 저 사람의 처분을
부탁해도 될까요?"

훌리오가 가리킨 곳에는 히야의 마법 끈으로 칭칭 묶여 있는 브
리독의 모습이 있었다.

"이번 일의 주모자 같으니까 동기 같은 걸 알아낼 필요가 있을
것 같아서, 이렇게 연행해 왔는데요."

"어…… 아, 예…… 저, 저기…… 제, 제가 책임을 지고 심문할

테니까…….”

허둥지둥하며 브리독 곁으로 달려가는 반비르 주니어.

훌리오는 그녀의 뒷모습을 쓴웃음 지으며 지켜봤다.

그런 훌리오 뒤쪽에서 히야가 걸어오더니 그의 귓가에 자신의 입을 가져다댔다.

“지고하신 주인님의 명령이니까 이렇게 연행해 왔습니다만, 허가만 해주신다면 저 히야의 자백 마법으로 전부 알아냈을 터인데…….”

그 말에 무심코 쓴웃음 짓는 훌리오.

‘……이전에 농장의 채소를 훔치려던 도둑한테 자백 마법을 건 것은 좋았지만, 나중에 모든 기억이 사라져 버린 적이 있었으니까 말이지…….’

“뭐, 여긴 반비르 주니어 씨가 통치하는 장소니까 맡겨두자.”

“알겠습니다. 모든 것은 지고하신 주인님의 뜻대로.”

히야가 그 자리에서 공손히 인사하자 훌리오는 시원스러운 미소를 지으며 만족스럽게 끄덕였다.

“그러고 보니…….”

훌리오는 브리독을 연행하라는 지시를 내리는 반비르 주니어 곁으로 걸어갔다.

“반비르 주니어 씨, 편지에 적혀 있던 재앙 마수가 있는 장소는 알고 있나요? 혹시 괜찮으시다면 당장에라도 토벌하러 가고 싶은데…….”

그런 훌리오 앞에서 반비르 주니어는 곤혹스러운 표정을 지었다.

"……혹시 아직 장소를 모르나요? 그렇다면 우리가 찾으러 갈까요?"

훌리오가 그렇게 말하자 그곳으로 리스가 달려왔다.

"서방님께서 굳이 수고하실 필요는 없어요! 이번에야말로 저 리스가 재앙 마수를 찾아내어서 도움을 드릴게요!"

그렇게 말하기가 무섭게 아랑족의 귀와 꼬리를 구현화시키고 당장에라도 달려가려 하는 리스.

그런 두 사람의 대화를 듣고 있던 반비르 주니어는 당황한 듯 고개를 가로저었다.

"그, 그게…… 어, 어디 있는지는 알지만…… 그게…….."

머뭇거리며 반비르 주니어는 살며시 오른쪽 손가락을 훌리오에게 향했다.

"? 제가 어쨌나요?"

"그, 그게…… 그러니까…… 조금 전, 훌리오 님께서 마법으로 회수하신 마수가, 재앙 마수예요…….."

"……예? 그 마수가?!"

반비르 주니어의 말에 무심코 눈을 부릅뜨는 훌리오.

당황해서는 윈도를 띄웠다.

자신의 소지품 저장 공간 안을 확인하고는 조금 전에 막 넣은 마수의 윈도를 열었다.


『재앙의 마경(魔鯨) (재앙 마수)』

"정말이네…… 저 녀석이 재앙 마수였구나."

"아~……."

훌리오의 말에 어깨를 풀썩 떨어뜨리는 리스.

"해적선은 와인이랑 고자르가 정리해 버렸고, 재앙 마수는 서방님께서 붙잡아 버리시고…… 이래서는 제가 서방님께 도움이 되어드릴 수가 없잖아요……."

"저, 저기…… 리, 리스는 집안일을 열심히 해주고, 게다가 나로서는 아내가 위험한 일을 하진 않았으면 하니까……."

훌리오가 수줍은 듯 오른손 검지로 뺨을 긁적였다.

그런 훌리오를 올려다보는 리스.

"서방님…… 그렇게 말씀해 주시는 건 기쁘지만…… 역시 이런 쪽으로도 도움이 되고 싶어요."

리스가 오른손 검지로 훌리오의 옆구리를 찔렀다.

그런 리스의 태도에 훌리오는 무심코 쓴웃음 지었다.

"저기, 일단은 있지, 바다에 던져진 해적들의 구출 작업이 아직 끝나지 않은 것 같으니까 그걸 도우러 갈까."

"알겠어요! 이번에야말로 서방님께 도움이 되도록 할게요!"

희희낙락해서 목소리를 높이며 바다를 향해 달려가는 리스.

훌리오는 그 뒷모습을 쓴웃음 지으며 바라봤다.


바다 위에서는 뒤늦게 달려온 엘리나자가, 구명보트에 미처 탑승하지 못한 해적들을 마법으로 띄워서는 해안으로 이동시키고 있었다.

"그럼 나도 도우러 갈까."

홀리오는 작게 숨을 내쉬더니 리스를 뒤따르듯 바다를 향해 날아갔다.


◇그 무렵 칼고시 해안 내륙부◇

"으, 으~응⋯⋯ 샤아⋯⋯."

눈을 뜬 로프론스는 고개를 내저었다.

"어⋯⋯ 어라⋯⋯ 나는 어떻게 된 거지샤⋯⋯?"

로프론스는 의식이 아직 또렷하지 않은 상태에서도 상황을 떠올렸다.

'그⋯⋯ 반비르 주니어 님이나 다른 사람들이랑 같이 마수와 해적선에 맞서고 있었을 텐데⋯⋯ 도중에 무언가가 바다에서 올라와서는 그대로 날아가 버렸다샤⋯⋯.'

"⋯⋯해, 해적은 어떻게 되었냐샤?!"

상황을 파악한 로프론스는 황급히 상반신을 일으켰다.

물컹.

그 얼굴이 무언가 부드러운 것에 부딪히고 반동으로 다시 쓰러지는 로프론스.

"아⋯⋯ 어? ⋯⋯샤?"

곤혹스러워 하는 로프론스.

뒤통수에도 무언가 부드러운 감촉이 있는 것을 깨달은 로프론스는 곤혹스러워 하며 주위를 둘러봤다.

그런 로프론스의 눈앞, 커다란 둔덕 너머에서 여자아이의 얼굴이 훌쩍 출현했다.

"아! 로프로프, 깼어? 깼어?"

"어? 와, 와인샤?!"

그 얼굴이 와인임을 깨달은 로프론스는 지금 자신이 처한 상황을 간신히 파악했다.

'……으음…… 나는, 그 후에 기절해서…… 그런 날 와인이 돌봐주고 있었냐샤?! ……그보다도 아까 닿은 건, 와인의 가슴…… 그럼…… 내 머리 밑에 있는 건 와인의 허벅지…….'

괴조족 로프론스는 용족 와인에게 연심을 품고 있어서, 언젠가 와인에게 인정받을 수 있는 괴조가 되고자 나날이 노력하고 있었다.

"아와와?! 와와와, 와인, 미안해샤?! 다다다, 당장 비킬게샤?!"

다시 상반신을 일으키려 하는 로프론스.

그런 로프론스를 와인이 위에서 눌렀다.

"안 돼! 안 돼! 로프로프 엄청 날아갔으니까, 좀 더 쉬어! 쉬어!"

와인이 위에서 뒤덮듯이 로프론스를 눌렀다.

그래서 로프론스는 와인의 풍만한 가슴에 짓눌리는 모양새가 되었다.

로프론스는 얼굴이 새빨개져서 말도 제대로 못 꺼내고 그 자리에 굳어 있었다.

그런 로프론스를 걱정하며 바라보는 와인.

해안 근처의 숲속, 두 사람은 그 자세 그대로 한동안 시간을 공유한 것이었다.

◇어느 숲속◇

산속의 험로를, 그 마차는 굉장한 기세로 계속 달리고 있었다.

"치잇! 끈질긴 녀석이야……."

마부석에 앉아 있는 덩치 큰 남자는 분하다는 듯 혀를 차며 후방으로 시선을 향했다.

그 남자의 시선 끝, 마차 뒤를 검은 그림자가 쫓고 있었다.

그 그림자는 마차 왼쪽 후방에 붙어서 함께 달리기 시작하더니 마차의 바퀴를 향해 거대한 낫을 휘둘렀다.

덜컹덜컹덜컹 콰과아아아아아아아아…….

한쪽 바퀴가 부서지며 마차는 가도에 넘어졌다.

그 기세에 마차를 끌던 말과의 연결이 풀어져서 말만이 앞으로 달려갔다.

"이, 이 자식, 방해하지 마라!"

일어선 덩치 큰 남자는 양팔을 휘두르며 그림자 쪽으로 달려들었다.

골렘인지 이상하게 발달한 양팔을 호쾌하게 휘두르는 덩치 큰 남자.

"빌어먹게 시끄럽다고! 이 마족 납치범이!"

상대하는 그림자는 거대한 낫을 호쾌하게 휘둘렀다.

달빛에 비친 그 모습은 자그마한 여자의 그것이었다.

체격에서 압도적으로 뒤처지는 그 여자는, 덩치 큰 남자가 휘두른 양팔을 큰 낫으로 척 받아냈다.

"뭐, 뭐라고?! 이 몸의 팔을 너 같은 꼬맹이 따위가 어떻게 받아낸 거냐?!"

"허! 마왕군 사천왕을 빌어먹게 얕보지 말라고!"

"마, 마왕군 사천왕이라고?!"

경악한 목소리를 흘리는 덩치 큰 남자.

그 틈을 찔러서 여자는 덩치 큰 남자의 눈앞으로 큰 낫을 호쾌하게 휘둘렀다.

큰 낫이 궤도를 그릴 때마다 덩치 큰 남자의 몸이 찢겨 나갔다.

거석으로 이루어진 골렘의 몸이 땅으로 떨어지고, 이윽고 꿈쩍도 하지 않게 되었다.

"정말이지, 빌어먹게 수고를 끼치기는…… 나중에 로린데므한테 빌어먹을 수복해 달라고 해서, 빌어먹게 제대로 자백을 받을 테니까 말이야."

여자는 큰 낫을 어깨에 짊어지며 마차 잔해를 밀어 헤쳤다.

그러자 그 안에서 사각의 투명한 상자 모양 물체가 나타났다.

상자 모양 물체 안에는 두 여자가 서로를 끌어안듯이 고개를 숙이고 있었다.

충격으로부터 몸을 지키려는 것인지 둘 다 머리를 감싸고서 서로를 끌어안고 있었다.

두 사람이 무사한 것을 확인한 그 그림자는 안도의 한숨을 흘렸다.

달빛을 받은 여자가 낫을 휘두르니 그 상자 모양 물체가 갈라 졌다.

"너희들, 수색 의뢰가 나온 동화족 헨델과 그레텔이 빌어먹게 틀림없겠지?"

낫은 든 여자의 말에 두 여자——헨델과 그레텔은 몇 번이고 끄덕였다.

그 모습을 확인한 여자는 큰 낫을 어깨에 짊어진 채로 씨익 미소를 지었다.

"내 이름은 베리안나, 마왕군 사천왕 중 하나야. 너희를 수색하고 있었는데 뭐, 빌어먹게 무사해서 다행이야……."

그 여자——베리안나의 말에 간신히 안도했는지 헨델과 그레텔은 눈물을 흘리며 그녀에게 안겨들었다.

"가, 감사합니다…… 감사합니다……."

"숲을 산책하고 있었더니 갑자기 저 골렘이 덮쳐서……."

헨델과 그레텔은 오열을 흘리며 베리안나에게 이야기를 시작했다.

베리안나는 그런 두 사람의 머리를 다정하게 쓰다듬었다.

'이 두 사람, 우리 동생 아이리스테일이랑 빌어먹게 별로 나이 차이도 없잖아……. 이런 녀석들을 희소한 종족이라고 납치하는 빌어먹을 녀석이 있다니…… 정말이지, 어떻게 돌아가는 거야……. 요전에 숲속에서 추적한 빌어먹게 떠드는 마차가 빌어먹게 수상했는데……. 정말이지, 그 빌어먹을 마차 녀석, 어디로 도망친 거야…….'

그런 생각을 하며 헨델과 그레텔을 진정시킨 베리안나는, 마차의 잔해 안에 범인들의 흔적이 없는지 뒤졌다.

하지만 헨델과 그레텔을 가두어 두었던 마법 감옥도 파괴와 동시에 소멸했기에 단서는 무엇 하나 찾을 수 없었다.

'정말이지, 이번에도 빌어먹게 수확은 없나…… 범인은 대체 어떤 빌어먹을 녀석이야.'

마왕 독슨의 명령으로 회소 종족들의 유괴 사건을 계속 조사 중인 베리안나는 그저 속으로 혀를 찼다.

숲속을 말 한 마리가 질주하고 있었다.

조금 전, 베리안나에게 파괴된 마차에서 벗어난 이 말은 숲속을 계속 달리고 있었다.

그 말은 한동안 후방에서 추격자가 오지는 않는지를 신경 쓰며 달렸지만, 추격이 없는 것을 확인하고는 다시 질주하기 시작했다.

한동안 나아가더니 그 말은 주위를 신경 쓰며 절벽과 절벽 사이에 입을 벌리고 있는 동굴로 들어갔다.

뻐끔.

말이 들어간 동굴 근처의 나무뿌리 밑에 구멍이 출현했다.

그 안에서 금발 용사가 불쑥 얼굴을 내밀었다.

"저 베리안나라는 여자를 따라가면 실종 사건과 맞닥뜨리지는 않을까 싶었다만, 예상대로였군."

전방의 동굴을 가만히 바라보는 금발 용사.

그러자 그 뒤쪽에서 밸런타인이 얼굴을 내밀었다.

"저, 저기…… 그, 금발 용사님……. 허억, 허억…… 실종 사건과 맞닥뜨린 건 이해하겠지만, 왜 말 쪽을 쫓은 건가요……? 게다가 굳이 지하에 구멍을 파면서 쫓아가다니…… 허억, 허억……."

거친 숨을 몰아쉬며 이마의 땀을 훔치는 밸런타인.


그렇다. 금발 용사는 베리안나가 마차를 파괴하는 것은 숨어서 엿보고, 마차가 파괴되자 거인 골렘에게는 눈길도 주지 않고 달려간 말을 쫓았다.

게다가 고속으로 구멍을 파서 나아가며 그 뒤를 쫓은 금발 용사.

초고속으로 구멍을 파며 나아갈 수 있는 전설급 아이템 드릴 불도저 삽이 있었기에 가능한 기예였다.

다만 고속으로 이동할 수 있는 것은 드릴 불도저 삽을 가진 인물뿐이기에, 금발 용사를 제외한 멤버들은 구멍 안을 뛰어서 쫓을 수밖에 없었던 것이다.

전력 질주로 금발 용사를 쫓아온 밸런타인은 연신 거친 숨을 몰아쉬었다.

전직 사계 십이신장 중 하나였던 밸런타인은 마법을 쓸 수 있다면 고속으로 이동하는 것도 가능하지만, 대기 안에 마소가 충만하던 사계와 비교하면 대기 안의 마소 농도가 희박한 클라이로드 세계에서는 마력 소모가 극심하기에 마법을 남발할 수가 없는 것이었다.

그런 밸런타인에게 금발 용사가 시선을 향했다.

"어쩔 수 없지. 저 수상한 말에게 들키지 않고 쫓으려면 이것밖에 방법이 없었으니까 말이다."

"확실히 지하를 파면서 쫓아올 줄은 생각도 못 하겠지만…… 그보다도 어째서 저 말이 수상하다고 생각하시는 건가요~?"

밸런타인은 호흡을 가다듬으며 곤혹스러운 표정을 지었다.

그런 밸런타인을 진지한 표정으로 바라보는 금발 용사.

"음, 내 감이다."

"……가, 감……이라고. 요?!"

그 말에 밸런타인은 깜짝 놀란 표정을 지었다.

'……아, 아무리 금발 용사님이라도, 감이라니…….'

"그런가요오, 금발 용사님의 감이라면 틀림없겠죠오."

밸런타인 뒤쪽에서 여자의 목소리가 들렸다.

그 목소리와 동시에 밸런타인 바로 뒤에서 츠야가 얼굴을 내밀었다.

츠야 역시도 밸런타인과 마찬가지로 어깨를 들썩이며 숨을 몰아쉬었다.

그런 츠야를 의아하다는 표정으로 바라보는 밸런타인.

"저, 저기…… 츠야 님은, 어째서 그렇게 단언할 수 있나요?"

그런 밸런타인을 진지한 표정으로 바라보는 츠야.

"그게 말이죠오, 금발 용사님인 걸요오."

어깨를 들썩이면서도 츠야는 득의양양한 표정을 지었다.

'……그리고 보니, 그랬죠…… 저도 금발 용사님의 감 덕분에 구원을 받았어요…….'

일찍이 사계의 앞잡이로서 클라이로드 세계에 출현한 밸런타인.

하지만 마력을 모두 소모하고 손 쓸 도리 없이 치사성 함정에 빠지려던 참에 금발 용사의 '내 감이 이 녀석을 죽여서는 안 된다고 말한다'라는 한마디와 필사적인 행동으로 목숨을 구원받은 것이었다.

"그럼 바로 저 동굴 안으로 들어갈까요."

"으, 음…… 그러고 싶은 마음은 굴뚝같다만…….."

"어, 어라라? 조, 조금 이상하네요……."

밸런타인의 말을 듣고 금발 용사는 구멍 안에서 기어나가려고 했다.

하지만 구멍의 출구에서 금발 용사, 밸런타인, 츠야까지 세 사람이 동시에 고개를 내밀었기에 구멍을 딱 막는 모양새가 되어, 셋 다 제대로 몸을 움직일 수가 없는 것이었다.

"그, 금발 용사님, 구멍 입구를 넓혀주세요."

"머, 멍청한 녀석! 양팔이 끼어 버려서 마법 주머니 안에서 드릴 불도저 삽을 꺼낼 수가 없잖으냐! 에잇, 이런!"

"아앙, 그렇게 마구 흔들어 대면 제 풍만한 가슴이 짓눌려 버려요."

"그, 그건 저도 그래요오…… 조, 좀 이상한 곳이 닿아요오."

"이, 이 바보가?! 이상한 목소리 내지 마라."

구멍 출구에서 움직이지 못하는 금발 용사, 밸런타인, 츠야.

그런 세 사람을 구멍 안에서 아룬키츠, 왕창 우하, 리리안주가 올려다보고 있었다.

"자자, 이건 어떻게 해야 할까요……."

"일단 모두의 엉덩이라도 밀어 볼까?"

"그래, 그것밖에 방법이 없겠소이다……."

세 사람은 함께 고개를 끄덕이고,

리리안주가 밸런타인.

아룬키츠가 츠야.

왕창 우하가 금발 용사.

각자의 엉덩이를 양손으로 들어 올렸다.

"잠깐?! 와, 왕창 우하, 뭐, 뭘 하는 것이냐?!"

"어~? 하지만 이대로는 밖으로 못 나가잖아? 그러니까 엉덩이를 밀어내려는 거라서. 그럼 웃차~ 여엉~차~, 으랴!"

"인 겁니다!"

"올시다!"

왕창 우하의 구령에 따라 양손에 힘을 싣는 세 사람.

"이, 이봐, 잠깐만?! 뭔가 미끈미끈하지 않나 왕창 우하?!"

"어~? 그게, 나는 힘이 없으니까 말이지, 촉수로 미는 편이 조금이라도 힘이 더 강한데?"

"자, 잠깐만 누구냐, 이상한 곳을 만지는 건?!"

"이, 이상한?! 보, 본인은 그저 밸런타인 님의 엉덩이를……."

"저도 츠야 경의 엉덩이 한가운데를 밀어올리는 것뿐입니다만?"

"아, 아룬키츠 씨이?! 거, 거긴 너무 한가운데라서 이래저래 좋지 않은 장소니까 곤란해요오!"

구멍 안의 세 사람이 밀 때마다, 구멍 안에서 얼굴을 내민 세 사람이 비명을 터뜨리고…… 한동안 그것이 계속 반복되는 것이었다.

◇ ◇ ◇

얼마 후, 어떻게든 구멍에서 빠져나온 금발 용사 일행은 조금 전 말이 뛰어든 동굴 안으로 들어섰다.

"자자, 뭐가 나올까요?"

최후미에 자리 잡은 왕창 우하가 앞을 걷는 아룬키츠 뒤에 숨듯이 움츠리며 주위를 둘러봤다.

"왕창 우하, 건물 마인인 네 능력으로 동굴 안의 상황을 살필 수는 없겠나?"

선두에서 걷는 금발 용사의 말에 왕창 우하는 과장스러운 동작으로 고개를 가로저었다.

"어~…… 평범한 동굴이라면 못 할 것도 아니지만요, 이 동굴은 명백하게 은폐 마법이 걸려 있어서…… 아니, 어?!"

"……음."

무언가 알아차린 왕창 우하가 전방을 가리키자 금발 용사 일행은 일제히 걸음을 멈추었다.

다음 순간…… 동굴 안쪽에서 무수한 마법탄이 발사되었다.

금발 용사 일행은 황급히 바위 뒤로 도망쳤다.

"……뭐, 그렇게 간단히 안으로 들어갈 수 있을 거라 생각하진 않았다만……."

금발 용사는 바위 뒤에 숨어서 동굴 안쪽의 상황을 계속 살폈다.

동굴 안쪽에서 발사된 마법탄은 전혀 멈출 기미가 없어서 금발 용사 일행은 바위 뒤에서 한 걸음도 움직일 수가 없게 된 것이었다.

"금발 용사님, 이대로 마법탄이 멈출 때까지 기다리는 건가요오?"

금발 용사 옆에서 머리를 끌어안고 있는 츠야.

금발 용사는 그런 츠야를 왼팔로 감싸며 타개책을 찾아 주위를 둘러봤다.

"그러고 싶은 마음은 굴뚝같지만…… 그때까지 이 바위가 버티지 못할 것 같군……."

금발 용사의 말대로 그들이 숨어 있는 바위는 계속 발사되는 마법탄에 계속 깎여 나가고 있었다.

"이만큼 연속해서 마법탄이 계속 발사된다면 적진으로 돌입할 수도 없겠소이다……."

팔꿈치 앞쪽을 칼날로 변화시킨 리리안주가 분하다는 듯 혀를 찼다.

"그렇다면 여긴 짐마차 마인인 제가 장갑 마차로 변화해서, 마법탄을 막으며 전진하겠습니다!"

그러더니 바위 뒤에서 튀어나가는 아룬키츠.

"아바바바바바바바바바바바."

다만 모습을 변화시키려 했다가…… 변화 전에 튀어나간 탓에 맥없이 마법탄의 먹이가 되어버렸다.

"머, 멍청한 녀석! 몸을 변화시키기 전에 튀어나가는 바보가 어디 있느냐!"

금발 용사는 쓰러진 아룬키츠의 다리를 붙잡고 바위 뒤로 끌어당겼다.

"어쩔 수 없네요. 여긴 제가 마의 실로……."

밸런타인은 양손에 마의 실을 출현시키며 전방으로 시선을 향했다.

그곳으로 왕창 우하가 포복 전진으로 다가왔다.

"밸런타인 님은 최후의 카드니까, 여긴 저한테 맡기세요."

"하지만 너는 은폐 마법 탓에 능력을 못 쓰는 거 아냐?"

"안쪽의 상황을 살피는 건 못하지만, 마법탄을 쏴대는 녀석을 어떻게 하는 정도라면 어떻게든 될 거예요. 다행히도 여긴 실내와 같은 폐쇄 공간이니까요."

그러더니 전방을 향해 양팔을 뻗는 왕창 우하.


【ALL the ROOM】


왕창 우하가 영창하는 것과 동시에 몸이 동굴의 벽으로 녹아들고, 벽 전체를 검게 뒤덮었다.

왕창 우하가 변화한 검은 벽은 엄청난 기세로 동굴 안쪽을 향해 증식하기 시작했다.

ALL the ROOM……

건물 마인만이 사용할 수 있는 공간 지배 마법.

폐쇄 공간의 벽을 자신이 변화한 검은 벽 영역으로 뒤덮고, 그 내부에 존재하는 생물의 정신을 지배하여 원하는 그대로 조종할 수 있는 마법이다.

왕창 우하가 변화한 검은 벽이 동굴 안쪽으로 뻗어 나가더니 이윽고 마법진이 끊어지고 동굴 안에 적막이 찾아왔다.

"……아무래도 제대로 된 것 같네요오."

오른손을 이마 위에 대며 동굴 안쪽으로 시선을 향하는 츠야.

"그렇군. 왕창 우하, 이제 돌아와도 된다."

동굴 안쪽을 향해 금발 용사가 말을 건넸다.

하지만 왕창 우하의 대답은 없었다.

"……어쩐지 분위기가 이상한 것 같소이다……."

리리안주가 지면에 귀를 대어 동굴 안쪽의 소리를 들으려고 했다.

그때였다.

동굴 안을 뒤덮고 있던 왕창 우하의 검은 벽이 갑자기 바위 표면으로 돌아왔다.

동시에 동굴 안에 발소리가 울렸다.

"ALL the ROOM인가…… 이야기로 들은 적이 있었지만, 보는 건 처음이로군……. 이것 참, 정말로 굉장하네, 건물 마인은. 역시 희소한 마인이란 말이지."

동굴 안쪽에서 어린 느낌이 남은 남자 목소리가 들렸다.

서서히 다가오는 발소리.

그리고 금발 용사 앞에 한 남자가 모습을 드러냈다.

평범한 아이로만 보이는 그 소년은 하얀 턱시도를 입고 있었다.

"어쩐 일이냐, 소년. 길이라도 잃었나?"

금발 용사는 팔짱을 끼며 남자에게 말을 건넸다.

그 옆에서 츠야가 싱긋 미소 지었다.

"괜찮아요, 무서울 것 없으니까요오. 누나들이 동굴 밖까지 안내해줄게요오."

오른손을 뻗는 츠야.

하지만 그 남자는 츠야가 뻗은 오른손을 바라보며 싸늘한 미소를 지었다.

"뭐냐? 너희들, 나를 외모만으로 어린아이라 판단하는 거야? 바보구나."

그러더니 소년은 쿡쿡 웃으며 오른손을 딱 튕겼다.

그 소리와 동시에 남자의 후방에서, 등에서 촉수를 뻗은 여자가 출현했다.

"음? 저, 저건……."

그 여자의 촉수를 본 금발 용사가 눈을 동그랗게 떴다.

촉수 하나가 사람의 모습으로 돌아온 왕창 우하를 붙잡고 있었던 것이다.

왕창 우하는 촉수 내부에 삼켜지고 머리만이 밖으로 나와 있었다.

의식이 혼탁한지 눈은 초점이 맞지 않고, 여자가 움직일 때마다 머리가 이리저리 계속 흔들렸다.

그런 상태인 왕창 우하를 바라보며 그 남자는 쿡쿡 웃었다.

"알고 있어? 너희의 건물 마인을 붙잡은 이 아이, 촉수족이라고? 마비독을 사용할 수 있는 촉수를 가지고 있지만, 마비독을 중화시켜서 성적인 기호품으로서 고가에 거래되는 경우가 많거든. 암시장 업자들이 너무 남획해서 지금은 셀 수 있을 정도로 적은 숫자만 남아 있는데, 그런 희소한 마인을 거느린 나는 꽤나 굉장하지?"

그러면서 쿡쿡 웃는 남자.

그런 남자 앞에서 금발 용사는 팔짱을 끼고 물었다.

"……그래서? 넌 대체 누구냐?"

"보통 남한테 이름을 물을 대는 자기소개부터 하는 거 아냐? 뭐, 됐나. 내 이름은 콜렉터블. 클라이로드 세계의 온갖 희소 종족을 수집하는 것이 취미라서……. 으음, 올해로 몇 살이 되었더라. 인어족 고기를 사용한 회복약 덕분에 무척 오래 살고 있으니까 말이지."

콜렉터블은 쿡쿡 웃으며 금발 용사를 향해 인사했다.

"이번에는 이렇게 희소도 8의 건물 마인을 제공해 줘서 정말 감사합니다. 마인 콜렉션은 좀처럼 얻을 수 없으니까 무척 기뻐. 그럼 너희한테 이제 용건은 없으니까 돌아가도 돼.”

오른손으로 쉭쉭, 금발 용사를 내쫓는 동작을 취하는 콜렉터블.

금발 용사는 팔짱을 낀 채로 콜렉터블을 응시했다.

“그러니까 네놈은 쇼타 할배라는 건가……. 어쩐지 영문도 모를 이야기를 한다 싶더니. 왕창 우하는 내 소중한 종자 중 하나다. 네놈의 물건이 아냐. 알았나?”

“그, 그래요! 왕창 우하 씨를 돌려줘요!”

그 옆에서 크게 목소리를 높이는 츠야.

하지만 콜렉터블과 여자 촉수족의 모습에 압도당했는지, 금발 용사 뒤에 숨어서는 엉거주춤한 자세였다.

그 옆에서 밸런타인이 한 걸음 앞으로 나왔다.

“꼬맹이. 지금 왕창 우하를 돌려준다면 엉덩이 팡팡으로 용서해줄게.”

손에서 마의 실을 출현시키며 요염한 미소를 짓는 밸런타인.

그 옆에서는 팔꿈치 앞을 칼날로 변화시킨 리리안주가 몸을 낮추어 임전태세를 취하고 있었다.

그리고 아룬키츠는 바위 뒤에서 여전히 기절한 상태였다.

그런 금발 용사 일동을 둘러본 콜렉터블은 즐거운 듯 웃음소리를 높였다.

“호오, 자세히 보니 거기 요염한 누나랑 칼날 누나, 본 적이 없는 종족이네. 예정을 변경해서, 너희도 내 걸로 삼아야겠어.”

콜렉터블이 손가락을 튕기자 그 뒤쪽에서 거대한 체구의 소 모습을 한 마수가 출현, 금발 용사를 향해 똑바로 돌진했다.

"으엇?!"

그 돌진을 간발의 차로 피하는 금발 용사.

밸런타인과 리리안주도 좌우로 뛰어서 돌진을 회피했다.

그때, 츠야의 비명이 동굴 안에 울려 퍼졌다.

"꺄아아아아아?! 자, 잠깐, 뭘 하는 건가요오?!"

"츠, 츠야?!"

황급히 돌아보는 금발 용사.

그 시선 앞에서는 소 모습을 한 마수의 뿔 끝에 그야말로 걸려 있는 츠야의 모습이 있었다.

뿔에 걸린 옷이 늘어나서 칠칠치 못한 모습이 된 츠야는 양손으로 가슴과 사타구니 언저리를 필사적으로 가리려고 했다.

그곳으로 촉수 마인의 촉수가 뻗고, 츠야의 몸을 촉수 안으로 집어넣었다.

"어, 어라…… 어, 어쩐지 저려…….."

점점 츠야의 눈에서 빛이 사라지고 그대로 의식을 잃었다.

"이, 이 자식! 츠야한테 무슨 짓을 했느냐."

"괜찮아, 죽진 않아. 건물 마인이랑 마찬가지로 마비독으로 살짝 얌전히 만들었을 뿐이니까."

콜렉터블은 금발 용사에게 시선을 향하며 쿡쿡 계속 웃었다.

"이 자식, 왕창 우하에 이어서 츠야까지……!"

눈앞에서 두 사람을 빼앗긴 모양새가 된 금발 용사는 분노한 표정을 지으며 당장에라도 콜렉터블에게 뛰어들려고 했다.

그 몸을 밸런타인과 리리안주가 좌우에서 붙들었다.

하지만 금세 미소를 짓더니 쿡쿡 웃었다.

"그러네, 내 소중한 콜렉션들이 너희들의 너저분한 피로 더러워지는 것도 싫으니까, 그걸로 됐어."

"그렇다면…… 이 계약서에 사인을 받도록 할까."

금발 용사는 허리춤의 마법 주머니에서 꺼낸 양피지를 펼쳐서, 그곳에 조금 전 콜렉터블이 말한 내용을 기입했다.

그곳에 우선 자신이 서명하고, 엄지를 이빨로 찢어 배어 나온 피로 지장을 찍었다.

"그런 짓 안 해도, 난 약속을 지키는 남자야."

쿡쿡 계속 웃는 콜렉터블.

그런 콜렉터블에게, 입가에 미소를 지으며 양피지를 들이미는 금발 용사.

"그런 소리나 하면서, 나한테 지는 게 무서운 거 아닌가? 응?"

금발 용사는 입가에 사나운 미소를 짓고 금발을 쓸어올렸다.

"호오…… 말만큼은 달변이구나. 뭐, 상관없나. 이쪽의 조건을 받아 줬으니까 서명 정도는 어울려 줄게."

콜렉터블은 금발 용사의 손에서 양피지를 받아 들고, 내용을 확인하지도 않고 서명하고는 피로 지장을 찍었다.

"내용을 확인하지 않아도 되겠나? 나중에 불평해도 못 받아 준다고?"

"내용 따윈 아무래도 상관없어. 어차피 이기는 건 나니까."

금발 용사의 말 따위는 개의치 않는다는 듯, 쿡쿡 계속 웃는 콜렉터블.

그런 콜렉터블을 바라보며 그에게서 받은 양피지를 마법 주머니에 수납하는 금발 용사.

"그래서, 승부는 어디서 하는 거지?"

"장소는 다섯. 저기가 각각의 장소로 들어가는 입구야."

콜렉터블이 가리킨 동굴의 벽에 구멍 다섯 개가 뚫렸다.

그러자 각각의 구멍으로 콜렉터블 주위에 모여 있던 희소 종족들이 뛰어들었다.

그것을 지켜본 콜렉터블은 쿡쿡 웃으며 금발 용사에게 시선을 되돌렸다.

"자, 너희도 마음에 드는 곳으로 들어가…… 아니, 어라?"

굳이 과장스러운 동작으로 금발 용사 일행의 숫자를 세는 콜렉터블.

금발 용사

밸런타인

리리안주

아룬키츠 (기절 중)

"어라? 자세히 보니 너희는 넷밖에 없는 모양이네…… 어쩔 수 없지, 조력자를 데려오는 걸 인정해 줄게. 뭐, 와줄 사람이 있다면 말이지만."

콜렉터블은 과장스럽게 놀란 척하며 쿡쿡 계속 웃었다.

그런 콜렉터블을 향해 사나운 미소를 짓는 금발 용사.

"걱정할 필요 없다. 최근에 운동부족인 기미였으니까 한 사람이 둘, 상대하면 되겠지?"

가슴을 펴고 득의양양한 얼굴로 말하고는 있지만 그의 이마에는 한 줄기 땀이 흐르고 있었다.

'……우리 중에서 가장 전투력이 높은 건 밸런타인이지만…… 마력량 소모가 심상치 않은 만큼 무리를 시킬 수는 없어……. 리리안주도 정찰 임무가 특기라 공격력에는 불안이 있고, 아룬키츠의 경우에는 아직 깨어나지도 않았으니…….'

금발 용사 뒤쪽에는 기절한 아룬키츠를 필사적으로 깨우려 하는 리리안주의 모습이 있었다.

그 모습을 곁눈으로 확인하는 금발 용사.

'……역시 여긴 내가 갈 수밖에 없나…….'

마법 주머니에서 꺼낸 드릴 불도저 삽을 움켜쥐는 금발 용사.

그때였다.

"그 빌어먹을 다섯 번째, 내게 맡겨 주지 않겠어?"

"음?"

뒤에서 들린 여자의 목소리에 돌아보는 금발 용사.

그 시선 앞에는 어깨에 큰 낫을 짊어진 여자──베리안나의 모습이 있었다.

"너…… 왜 여기에?"

"허! 네가 날 미행했다는 걸 빌어먹게 눈치 못 챘을 거라고 생각했나? 마왕군 사천왕을 빌어먹게 얕보셨군."

베리안나는 사나운 미소를 지으며 금발 용사 옆에 나란히 섰다.

갑자기 출현한 베리안나의 모습을 콜렉터블은 재미없다는 표정으로 바라봤다.

"쳇, 기껏 오대사로 괴롭힐 수 있겠다고 생각했는데. 뭐, 됐나. 평범한 악마인족 같지만 마왕군 사천왕이라는 부가 가치가 있다면 고가에 팔 수 있을 테니까."

그러더니 콜렉터블은 다시금 쿡쿡 웃기 시작했다.

"그 수다스러운 입, 언제까지 조잘댈 수 있을까?"

그런 콜렉터블을 쿡쿡 웃으며 바라보는 밸런타인.

"허? 무슨 소릴 하는 거냐? 너는……."

거기까지 말한 참에 콜렉터블은 위화감을 느꼈다.

'……어라? 저 금발 남자는 어디로 갔지?'

눈을 동그랗게 뜨는 콜렉터블.

그 시선 앞에는 밸런타인, 베리안나, 리리안주, 그리고 간신히 깨어난 아룬키츠까지 네 사람의 모습밖에 없었다.


뻐끔.


다음 순간, 콜렉터블의 발밑에 갑자기 구멍이 출현하고 그 안에서 튀어나온 금발 용사가 그의 턱을 어퍼컷으로 후려쳤다.

초고속으로 구멍을 파고 나아갈 수 있는 전설급 아이템, 드릴 불도저 삽이 있기에 가능한 위업이었다.

예상 밖의 일격을 당한 콜렉터블은 뒤로 쓰러졌다.

"……어, 어떻게? 기척은 없었는데?"

어안이 벙벙해서는 땅바닥에 누워 있는 콜렉터블.

금발 용사는 그런 콜렉터블을 내려다보고 있었다.

"콜렉터블인지 뭔지 모르겠지만, 츠야를 구출한 다음에 다시 두들겨 패 줄 테니까 각오해둬라."

그러면서 금발 용사는 자신이 판 구멍을 다시 메웠다.

이럴 때에도 '자신이 판 구멍은 제대로 다시 메운다'라는 방침을 무너뜨리지 않는 금발 용사였다.

그 구멍을 모두 메운 뒤, 금발 용사는 동굴의 구멍 중 하나로 뛰어들었다.

뒤이어서 밸런타인이 걸어 나왔다.

"네 마력을 한계까지 짜내어 줄 테니까 각오해."

밸런타인은 바닥에 쓰러진 콜렉터블을 내려다보며 금발 용사가 들어간 구멍과는 다른 구멍으로 뛰어들었다.

"……나중에 갈가리 찢어 주지…… 각오해라."

팔꿈치 앞을 칼날 상태로 변화시킨 리리안주 역시도 두 사람과는 다른 구멍으로 뛰어들었다.

"으음…… 상황은 제대로 파악하지 못했습니다만, 일단 이 구멍으로 들어가면 되는 거로군요?"

고개를 내저으며, 들추어 올라간 미니스커트를 신경 쓰는 기색도 없이 구멍으로 뛰어드는 아룬키츠.

"뭐, 그러니까 빌어먹을 목을 씻고서 기다려라, 빌어먹을 녀석."

큰 낫을 휘두르고 마지막 구멍으로 뛰어드는 베리안나.

금발 용사 일행이 전원 구멍 안으로 뛰어드는 것을 콜렉터블은 멍하니 바라봤다.

"저, 저 금발 남자, 나를 때렸지……. 이제까지 한 번도 맞은 적

제3장 금발 용사 이렇게 싸우도다  145

없었는데."

떨리는 목소리로 중얼거리며 콜렉터블은 금발 용사가 뛰어든 구멍 쪽을 계속 바라봤다.

"……뭐, 뭐 됐어……. 저 녀석들이 내 희소 종족들에게 이길 리가 없으니까……. 감시 윈도로 저 녀석들이 괴로워하는 모습을 즐기도록 할까. 간단히 죽지 않으면 좋겠는데, 저 녀석들."

턱을 문지르며 일어선 콜렉터블은 표정을 일그러뜨리고서 말했다.

그의 눈앞에 윈도 다섯 개가 표시되었다.

"……그냥 기다리는 것도 시시하니까, 인질인 건물 마인과 인간족을 희롱하면서 기다리기로 할까."

그러면서 콜렉터블은 뒤쪽으로 시선을 향했다.

"어?"

콜렉터블은 저도 모르게 그 자리에 굳었다.

그 시선 앞에는 그 자리에 남아 있던 촉수족이 왕창 우하와 츠야를 붙잡고 있을…… 터였다.

하지만 그 시선 앞에는 촉수가 찢겨나가서 벽에 처박힌 촉수족과, 바닥에 쓰러져서 여러 사람들에게 간호를 받고 있는 왕창 우하와 츠야의 모습이 있었다.

그리고 그 앞에 한 여자가 버티고 서 있었다.

"내 소중한 콜렉션에게 무슨 짓을 했지? 아무리 촉수는 다시 재생된다고 해도, 그렇게나 찢겨 나가면 재생될 때까지 꽤 시간이 걸리잖아……. 그보다도 애당초 너희, 누구야?"

고개를 절레절레 내저으며 한숨을 내쉬는 콜렉터블.

"제 이름은 데미. 마왕군 휘하 우르고 패밀리 당주예요."

새로 만들었는지 완전히 새것인 창을 들고 있는 그 여자──
데미.


──우르고 패밀리.

일찍이 마왕군을 이탈하고 몰락했던 마족 명문가.

그 후, 금발 용사와 함께 마족 마수 사건을 해결하고, 금발 용사의
중재도 있어서 마왕군 복귀를 허락받은 것이었다.


"마왕군? 아까도 사천왕이 왔는데, 어떻게 마왕군이 여길 알아
차린 거지? ……첩보부에 잠입시킨 내 콜렉션이 제대로 정보 교
란을 하고 있을 텐데, 이상해……."

콜렉터블은 고개를 갸웃거리며 데미에게 시선을 향했다.

"게다가 건물 마인을 유인한 뒤에는 결계를 쳤고, 몬스터로 입
구도 지켰어……. 어떻게 여기까지 올 수 있었지?"

"보은과 보복…… 우리 우르고 패밀리에게 절대적으로 여겨지
는 2개 조항입니다. 큰 은혜를 입은 금발 용사님께서 궁지에 빠
졌다면, 만사를 제쳐 두고라도 달려오는 건 당연하겠죠!"

의연한 목소리로 소리치는 데미.

그 뒤에서 호완족 겐부신, 골렘 로젠로렐, 섬모화족 로셀리나
가 일어섰다.

"금발 용사님의 동향은 내 섬모로 언제나 감시하며 살피고 있지

후와와~ ♪"

꽃이 흐드러지게 핀 로셀리나의 머리 주변에는 무수한 섬모가 떠돌고 있었다.

뒤편의 세 사람을 어깨 너머로 확인한 데미는 다시금 콜렉터블에게 시신을 향했다.

"지금 이 자리에서 당신을 붙잡아서 바보 같은 이 유희를 끝내겠어요!"

"아하하, 바보 아냐?"

데미 일행을 어이없다는 표정으로 바라보는 콜렉터블.

"나를 붙잡아? 정말로 그럴 수 있다고 생각해? 뭐, 굳이 당하러 찾아온 거야. 정말로 바보구나…… 그렇게 생각하지 않아, 건물 마인?"

콜렉터블이 오른손을 뻗자 데미 일행 뒤쪽에 누워 있던 왕창 우하가 벌떡 일어났다.

'……촉수족이 포박한 시점에서, 건물 마인은 이미 내 예속화 마법의 지배 아래에 있거든.'

득의양양한 표정을 짓는 콜렉터블.

그 시선 앞에서 왕창 우하는 양손을 뻗더니 영창을 시작했다.

【ALL the ROOM】

건물 마인인 왕창 우하의 특기였다.

다음 순간, 동굴의 벽이 검게 물들고, 그 검은 벽이 콜렉터블과 데미 일행 사이에 벽을 출현시켜서 둘 사이를 완전히 차단해 버렸다.

"아하하, 안 됐구나, 콜렉터블 씨. 내 몸은 금발 용사님과 그 파티원들만의 것이라고. 너 따위가 하는 말을 누가 듣겠냐, 바~보!"

일어선 왕창 우하는 배를 붙잡고서 웃음을 터뜨렸다.

"뭐, 뭐? 넌 예속화 마법으로, 내 지배 아래에 있을 텐데……."

눈을 동그랗게 뜨고서 깜짝 놀란 콜렉터블.

"안 되셨네. 나는 있지, 이제까지 몇 번이나 예속화 마법 탓에 지독한 꼴을 당했단 말이지. 그 덕분에 예속화 마법에 완전히 내성이 생겨 버렸거든."

검은 벽을 향해 메롱메롱, 왕창 우하는 혀를 내밀었다.

검은 벽이 반투명해서 그 모습을 확인할 수 있는 콜렉터블은 미간에 주름을 지었다.

"……어느 녀석이고 정말로 말을 못 알아듣네…… 너희는 다들 내가 하는 말을 들으면 그만인데."

"무슨 소린가요! 콜렉터블, 희소 종족 유괴와 인신매매의 죄로 얌전히 마왕 독슨 님의 처벌을 받아요!"

"호오, 그런 소리를 해도 될까? 확실히 건물 마인은 놓쳐 버렸지만, 이쪽에는 인질이 아직 하나 남아 있는데?"

쿡쿡 웃는 콜렉터블.

그 옆에는 츠야가 서 있었다.

예속화 마법의 지배 아래에 있는지 그녀의 눈동자에 빛은 없었다.

"어, 어째서 츠야 님이 거기 있는 거야?!"

곤혹스러운 표정을 짓는 왕창 우하.

"아하하, 너는 예속화 마법에 내성이 있었나 보지만, 이 여자는 그렇지도 않은 것 같네. 내가 이쪽으로 오라고 했더니 순순히 와 줬어."

콜렉터블의 말에 으그그, 신음소리를 높이는 왕창 우하.

그 옆에서 데미가 자세를 잡았다.

"저희가 구출하러 갈게요! 검은 벽을 일시해제해 주세요."

"으, 응, 알았어."

데미의 말을 듣고 검은 벽을 해제하려고 하는 왕창 우하.

"호오, 그 벽을 해제해도 되겠어?"

콜렉터블이 손가락을 튕기자 그 후방에서 무수한 희소 종족들 이 출현했다.

콜렉터블의 예속화 마법 지배 아래에 있는 희소 종족들이 검은 벽 앞으로 줄을 이루고, 콜렉터블을 지키는 벽을 형성했다.

"으아?! 뭔가 잔뜩 나왔어?!"

곤혹스러워하며 왕창 우하는 검은 벽을 유지했다.

검은 벽을 해제하면 콜렉터블의 지배 아래에 있는 희소 종족들 이 습격할 것은 틀림없었다.

우르고 패밀리 멤버들도 왕창 우하 옆에서 곤혹스럽다는 표정 을 짓고 있었다.

"아가씨, 위험합니다. 희소 종족은 가능한 한 다치지 않도록 보 호하라고, 마왕 독슨 님께서 명령을 하셨습니다조이. 아까 촉수족처럼 재생 능력이 있는 녀석이라면 모를까, 그렇지 않은 녀석도 꽤 있습니다조이⋯⋯."

"으, 응⋯⋯ 그, 그러네⋯⋯ 어, 어어⋯⋯ 어, 어떻게 하지⋯⋯."

겐부신의 말대로 검은 벽을 해제하고 데미 일행이 공격을 가할 경우, 희소 종족들에게 막대한 피해가 발생할 것은 확실했다.

곤혹스럽다는 표정을 짓는 데미.

우르고 패밀리 멤버들은 그 자리에서 더는 움직일 수 없게 되어버렸다.


그들을 성공적으로 막은 것을 확인한 콜렉터블은 구멍 안의 상황을 비추는 윈도로 다시 시선을 향했다.

"기왕 만든 거점이지만, 여긴 버리고 다른 곳으로 가야겠군. 하지만 그 전에 금발 용사네가 박살나는 모습을 구경해 볼까."

쿡쿡 웃으며 윈도로 시선을 향하는 콜렉터블.


◇ ◇ ◇


싸움은 다섯 곳에서 거의 동시에 시작되었다.


· 리리안주 VS 봉화시(棒火矢) 마인 샤크다마

구멍 안을 통과한 곳에는 돔 모양의 공간이 펼쳐져 있었다.

그 공간에서 격렬한 폭음이 계속 울렸다.

"아하하하하하하! 자자자! 도망만 치잖아, 겁쟁이네!"

긴 이빨이 돋은 입으로 호쾌한 웃음을 터뜨리며, 공중에 출현시킨 봉화시 마법탄을 리리안주를 향해 던졌다.

그 봉화시 마법탄의 빗속을, 리리안주는 고속으로 이동하며 계속 피했다.

"정말이지, 약삭빠른 녀석이네. 뭐, 됐나, 어차피 오래 버티지는 못할 테니까 얼른 처리하고, 주인한테 포상을 왕창 받아서 즐겨야겠네."

샤크다마는 일그러진 미소를 지으며, 조금 전까지의 두 배에 가까운 봉화시 마법탄을 출현시켜서 리리안주를 향해 던졌다.

필사적으로 회피하는 리리안주.

하지만 수가 수인만큼, 끝내는 그 폭풍을 맞고 벽에 처박혀 버렸다.

"……큭?!"

고통스러운 목소리를 흘리면서도 곧바로 그 자리를 벗어나는 리리안주.

그 직후, 조금 전까지 리리안주가 있던 장소로 무수한 봉화시 마법탄이 쏟아졌다.

'간발의 차였소만…… 이대로는 밀리는 건 사실이올시다…….'

리리안주의 입가에 핏줄기가 흐르고 있었다.

'……어떻게든 하지 않으면 좀 위험하겠소만…….'

샤크다마를 곁눈질로 바라보며 계속 질주하는 리리안주.


턱.

그때, 리리안주가 지면의 바위에 걸려 넘어졌다.

"이, 이런……."

자세가 무너지며 땅바닥에 쓰러지는 리리안주.

"아하하, 열심히 했지만 거기까지네. 자, 바이바이다."

자세를 바로잡으려는 리리안주를 향해 샤크다마가 봉화시 마법탄을 대량으로 던졌다.

"……여기까진가…….'

리리안주는 어떻게든 일어섰지만 이미 봉화시 마법탄은 눈앞까지 들이닥친 뒤였다.

퍼퍼—엉! 돔형의 실내에 격렬하게 폭음이 울려 퍼졌다.

조금 전까지 리리안주가 있던 장소는 깊이 파이고, 그곳에 리리안주의 모습은 없었다.

"어라라? 흔적도 없이 사라졌나. 큰일이네…… 마의 사역마는 진귀하니까 주인님이 원하고 있었는데……."

실수했다는 표정을 지으며 샤크다마는 파인 장소로 이동했다.

그때였다.

샤크다마의 발밑에서 무언가가 튀어나왔다.

그것은 다름 아닌 리리안주였다.

"뭐, 뭔데?!"

황급히 후방으로 훌쩍 물러나려고 하는 샤크다마.

하지만 그보다도 빠르게 리리안주의 양팔 칼날이 샤크다마의 머리를 후려쳤다.

"헤뷥?!"

무슨 일이 일어났는지 정확하게 파악하지도 못한 채, 샤크다마는 지면에 쓰러졌다.

그 광경을 리리안주는 어깨를 들썩이며 바라봤다.

"……가, 간발의 차였소만……."

후방으로 시선을 향하는 리리안주.

그곳에는 지면에 뚫린 구멍이 있었다.

'……봉화시 마법탄의 먹잇감이 되겠다고 생각한 순간, 누군가가 나를 저 구멍 안으로 끌어당겨 주었소이다……. 그 덕분에 이겼소만…… 애당초 저 구멍은 대체…….'

연신 어깨를 들썩이는 리리안주의 발밑에 샤크다마의 봉화시 마법탄이 굴러다니고 있었다.

그것을 손에 든 리리안주.

'……정말이지, 이 봉화시 마법탄에는 정말로 고생했소이다.'

내심 짜증을 느끼며 봉화시 마법탄을 끌어안은 리리안주는 움찔움찔하는 샤크다마 곁으로 걸어갔다.

"자기 것이겠지, 직접 처분하시오."

리리안주는 봉화시 마법탄을 샤크다마의 입 안으로 마구 쑤셔넣었다.

하나…… 둘……

그리고 억지로 세 번째 봉화시 마법탄을 쑤셔 넣었을 때, 간신히 몸을 꿈틀대던 샤크다마는 완전히 움직임이 멈췄다.

○ 리리안주 (전부 먹어라) 봉화시 마인 샤크다마 ●

◇ ◇ ◇

윈도에 표시되는 광경에 쿡쿡 웃는 콜렉터블.

"설마 저 마의 사역마가 이겨 버릴 줄이야……. 조금 예상 밖이긴 해도, 이러니까 승부라는 게 재미있는 거지."

콜렉터블은 등 뒤에 있는 희소 종족이 가져온 의자에 앉더니 다리를 꼬고 다른 윈도로 시선을 향했다.

"뭐, 봉화시 마인은 내 콜렉션 중에서도 가장 약한 부류였으니까…… 게임을 재미있게 만들려고 투입했을 뿐이야."

콜렉터블은 쿡쿡 계속 웃었다.


그 광경을 검은 벽 너머에서 바라보는 데미 일행.

겐부신이 데미에게 시선을 향했다.

"……아가씨, 저건 플래그라는 녀석이 아닙니까조이?"

"어? 어? 뭐, 뭔가요, 그 플래그라는 건?"

"어, 아, 아니, 딱히 아무것도 아닙니다조이. 그저 금발 용사 경 일행이 우세해졌다는 이야깁니다조이."

"응! 그러네!"

황급히 이야기를 돌린 겐부신의 말에 기쁜 듯 미소 짓는 데미.


"……뭔가 좀 짜증 나는데."

데미 일행의 모습을 곁눈질로 보던 콜렉터블은 분하다는 듯 혀를 찼다.

◇ ◇ ◇

· 밸런타인 VS 맹우(猛牛) 마족 버팔로나

리리안주가 싸우던 공간과는 달리, 밸런타인의 공간은 나무가 울창한 정글로 되어 있었다.

그 나무들 사이를 밸런타인이 날고 있다.

"자, 받아라!"

밸런타인은 손에 마의 실을 전개시켜 공간 안에 펼쳤다.

마의 실이 거미집처럼 나무들 틈새를 뒤덮었다.

하지만.

"뿔에 걸리는 맛이 너무 없네요."

전방을 향해 머리의 뿔을 내밀며 돌진하는 버팔로나는 그 실을 아무렇지도 않게 잡아 뜯으면서 돌진했다.

밸런타인은 자신에게 육박하는 버팔로나를, 닿기 직전에 아슬아슬하게 피한 후 땅바닥 위를 뒤구르기하며 물러났다.

돌진을 멈추고 후방을 돌아보는 버팔로나.

"당신, 사계의 맹자라고 그러니까 어~엄청 기대했는데…… 아까부터 도망치기만 해서 좀 지루하네요."

밸런타인을 내려다보는 버팔로나.

그 시선 앞의 밸런타인은 그런 버팔로나를 바라보며 여유로운 미소를 짓고 있었다.

"후후후, 그건 어떨까?"

밸런타인의 태도에 노골적으로 혐오하는 표정을 짓는 버팔로나.

"뭘까? 도망만 치는 주제에, 꽤나 거만한 태도네요?"

"어머, 내가 그저 도망만 쳤다고 생각하는 건가요?"

밸런타인은 오른손 검지로 버팔로나를 가리켰다.

"이마의 그 글자를 깨닫지도 못하다니, 수준이 빤하네요."

그러면서 또다시 웃기 시작하는 밸런타인.

"이마……라고요?"

버팔로나는 허리춤의 마법 주머니에서 손거울을 꺼내어 자신의 이마를 확인했다.

그 이마에【바보 소】라는 글자가 적혀 있었다.

"어떨까? 마음에 들까?"

쿡쿡 웃는 밸런타인.

그 시선 앞에서 버팔로나는 부들부들 몸을 떨었다.

"……나를, 바보 취급했군요!"

온몸을 새빨갛게 물들인 버팔로나는 양손을 땅에 대어 사족보행 상태가 되더니, 입에서 하얀 연기를 뿜어내며 오른발로 지면을 몇 번이고 찼다.

"이제 용서하지 않겠어요! 제 뿔 돌진으로 산산이 박살 내 주겠어요!"

밸런타인은 양손에 마의 실을 전개시키며 쿡쿡 계속 웃었다.

"네 공격은 이미 간파했다고, 자, 죽도록 해!"

버팔로나에게 오른손으로 '덤벼라'라고 하듯이 손짓하는 밸런 타인.

"음머어어어어어어어어어어어어어어어어!"

울음소리와 함께 밸런타인을 향해 돌진하는 버팔로나.

퍼억!

버팔로나의 뿔에 튕겨나간 밸런타인의 몸이 격렬히 벽에 격돌했다.

"말만 못 하네! 간파했다던 거 아니었어?!"

버팔로나는 머리의 거대한 뿔을 전면으로 내세우고, 벽에 처박힌 밸런타인을 향해 다시 돌진했다.

퍼억!

또다시 돌진의 직격을 당한 밸런타인의 몸이 더더욱 벽에 처박혔다.

"아직 더 간다고요!"

퍼억!

퍼억!

후방으로 다시 달려가서는 돌진을 반복하는 버팔로나.

밸런타인의 몸은 완전히 벽에 처박혀서 확인하는 것이 힘들 정도였다.

"이걸로 끝이야!"

또다시 뿔 돌진을 시도하고자 밸런타인을 향해 돌진하는 버팔로나.

그 다리가 갑자기 땅바닥 안에 처박혔다.

"어, 어어?!"

갑작스러운 사태에 버팔로나가 곤혹스럽다는 표정을 지었다.

감속한 버팔로나는 돌아보고서야 그곳에 구멍이 있단 것을 알아차렸다.

"뭐, 뭐야, 이 구멍…… 조금 전까지는 없었는데…….”

곤혹스럽다는 목소리를 높이면서도 버팔로나는 자세를 바로잡으려고 몸을 뒤틀었다.

"……어, 어라?"

그때 버팔로나는 자신의 몸에 위화감을 느끼고 눈을 부릅떴다.

돌격하려던 버팔로나는 그 자리에서 한 발자국도 움직이지 못하게 되었다.

자세히 보자…… 버팔로나의 온몸에 밸런타인의 마의 실이 몇 겹이나 휘감겨 있었다.

"어, 어느새?!"

버팔로나는 경악한 표정을 지으며 그 실을 억지로 찢어발기려고 했다.

하지만 몇 겹이나 버팔로나의 몸에 감겨 있는 마의 실은, 조금 전까지와는 비교도 안 될 정도로 튼튼해서 꿈쩍도 하지 않았다.

그런 버팔로나의 눈앞, 벽에 처박혔던 밸런타인이 천천히 다가왔다.

"정말이지, 수고를 끼치는구나. 내 마의 실을 찢어발기는 마력에는 놀랐지만, 그만큼 두껍게 감으면 아무리 너라도 찢어발기진 못하겠지? 꽤나 고생했다고, 너한테 안 들키게 네 몸에 마의 실을 감는 것도 말이야."

버팔로나를 향해 천천히 걸어가는 밸런타인.

그런 밸런타인 앞에서 버팔로나는 경악한 표정을 짓고 있었다.

"다, 당신…… 설마 내 몸에 실을 몇 겹이나 감으려고 내 뿔 돌진을 일부러 맞은……."

"이제 알아차렸네…… . 하지만."

밸런타인은 수중의 실을 힘껏 잡아당겼다.

뿔과 함께 잡아당겨져서 버팔로나는 그 자리에 힘없이 휘청거렸다.

"조금 늦었어."

혀를 핥으며 버팔로나의 뿔을 양손으로 짓누르는 밸런타인.

"다, 당신…… 대, 대체 뭘……."

깜짝 놀라는 버팔로나.

그녀의 눈앞에서 밸런타인은 버팔로나의 뿔을 힘으로 부러뜨렸다.

"아, 아야야야?!"

비명을 지르는 버팔로나.

"그, 그렇구나…… 내 뿔을 부러뜨려서 공격을 못 하도록 만들 생각이구나. 하지만, 안 됐네요."

밸런타인의 눈앞에서 버팔로나의 지금 막 부러진 뿔이 점점 재생되었다.

"내 뿔은 소생이 가능해. 안 됐네, 당신 생각대로 안 되어서."

"어머? 뭘 착각하는 걸까?"

버팔로나의 눈앞에서 입술을 핥던 밸런타인은, 손에 든 버팔로나의 뿔을 한번 핥더니 그것을 입 안으로 던져 넣었다.

"잘 먹겠습니다."

밸런타인은 으적으적 소리를 내며 버팔로나의 뿔을 씹어 부쉈다.

"자, 잠깐만 당신…… 대, 대체 뭘 하는 걸까……."

새파래져서 밸런타인을 바라보는 버팔로나.

그녀의 눈앞에서 밸런타인은 황홀한 표정을 지었다.

꿀꺽 삼키더니 지금 막 새로 난 버팔로나의 뿔을 붙잡았다.

"네 뿔, 마력이 가득해서 맛있어 보였는데, 상상 이상으로 맛있었어. 후후후, 내 배를 더더욱 채워 달라고."

밸런타인은 입맛을 다시더니 또다시 버팔로나의 뿔을 부러뜨렸다.

"우후후, 조금 전까지는 체내 마력 잔존량이 조금 모자라서 살이 베이고 뼈가 끊어졌지만……. 우후후, 고통을 느낀 보람이 있었네."

또다시 뿔을 입 안으로 던져 넣는 밸런타인.

"아, 아니, 그, 그건 좀 봐줘, 하, 항복할 테니까, 항복할 테니까."

필사적으로 목소리를 높이는 버팔로나.

그 의사와는 달리 부러진 뿔은 자동으로 재생되었다.

그때마다 버팔로나의 체내 마력이 대량으로 소비되었다.

그 마력으로 생성된 뿔을 차례차례 부러뜨려서 입 안으로 던져 넣는 밸런타인.

얼마 후. 체내 마력이 고갈되어 더는 뿔이 재생되지 않게 된 버팔로나가 힘없이 땅바닥에 쓰러졌다.

그런 버팔로나의 눈앞에 서 있는 밸런타인은 뺨에 홍조를 띄우며 뜨거운 숨결을 흘렸다.

"우후후, 정말 맛있었어요."

황홀한 표정을 짓는 밸런타인의 눈앞에서 버팔로나는 꿈쩍도 하지 않았다.


○밸런타인 (잘 먹었습니다) 버팔로나●


'……그건 그렇고…….'

입가를 손수건으로 훔치며 버팔로나 뒤쪽으로 시선을 향하는 밸런타인.

그녀의 시선 끝, 지면에 구멍이 뻥 뚫려 있었다.

'……저 구멍은 언제부터 저기에 있었을까…… 저 구멍에 발이 걸린 덕분에 버팔로나의 마지막 공격이 실패했는데, 그대로 돌진을 당했다가는 마의 실을 몇 겹이나 감았다고 해도 어쩌면 찢겨 나갔을지도 몰랐단 말이지…….'

결과적으로 자신을 구하는 모양새가 된 구멍을 바라보며 밸런타인은 고개를 갸웃거렸다.


◇ ◇ ◇

윈도를 바라보며 콜렉터블은 입을 떡 벌린 채로 그 자리에 우두커니 서 있었다.

'……말도 안 돼…… 버팔로나는 내 콜렉션 중에서도 다섯 손가락에 들어가는 맹자였는데…….'

"데미 님, 콜렉터블도 참, 충격을 받았네후와와~! 저 소 씨가 패배한 게 충격인가 봐후와와~!"

"예, 그런 모양이네요! 콜렉터블 씨! 항복할 거라면 지금이에요!"

검은 벽 앞에서 로셀리나의 말에 끄덕인 데미가 콜렉터블을 향해 목소리를 높였다.

그 말에 정신을 차린 콜렉터블은 미소를 지으며 데미 일행에게 시선을 향했다.

"무, 무슨 소리야. 내가 충격을 받아? 하하, 재미있는 농담이네."

쿡쿡 웃는 콜렉터블.

하지만 그 웃음은 살짝 굳어 있었다.

그 표정 그대로, 새로운 윈도로 시선을 향하는 콜렉터블.

· 베리안나 VS ???

무수한 기둥이 존재하는 공간 안,

"이 빌어먹을 게!"

마왕군 사천왕 베리안나는 큰 낫을 휘둘러 눈앞에 있는 적의 그림자를 갈랐다.

……하지만.

확실하게 그 그림자를 붙잡은 큰 낫에는 아무런 손맛도 없고, 베였을 터인 그림자는 안개처럼 사라지고, 어디선지 모르게 쿡쿡 웃음소리가 일대에 계속 울려 퍼졌다.

"홋홋홋, 언제쯤이면 진짜 날 찢을 수 있을까?"

베리안나 주위에 새로운 그림자가 출현했다.

"빌어먹게 시끄럽네! 당연히 지금 당장이지! 이 빌어먹을 게!"

또다시 손의 큰 낫을 휘둘러서 그림자를 가르는 베리안나.

하지만 역시나 큰 낫에 감촉은 없고 그림자는 흩어져서 사라졌다.

다음 순간.

"큭?!"

몸에 격통을 느낀 베리안나가 비명을 터뜨렸다.

'빌어먹을 녀석. 일격, 일격은 빌어먹게 대단치 않지만…… 이대로 계속 맞다가는 빌어먹게 위험하잖아……. 게다가 몸이 점점 빌어먹게 저리고…… 빌어먹을 무슨 일이 벌어지는 거냐…….'

필사적으로 시선을 집중하며 주위를 둘러보는 베리안나.

하지만 그 주위에 적의 모습은 없었다.

'……에잇, 이 빌어먹을 녀석이.'

분하다는 듯 혀를 차며 큰 낫을 마구잡이로 휘둘렀다.

하지만 휘두른 큰 낫이 무언가를 포착하는 일은 없이, 그저 베리안나의 체력이 소모될 뿐이었다.

큰 낫을 어깨에 짊어지고 자세를 가다듬는 베리안나.

씩씩 어깨를 들썩여 숨을 쉬면서도 어떻게든 호흡을 가다듬었다.

그녀의 얼굴에는 초조한 기색이 짙게 드러나 있었다.

"후후후, 슬슬 서 있는 것도 힘들지 않나요? 제 공격에는 맹독 작용도 부여되어 있으니까요."

또다시 모습을 드러낸 적은 그렇게 말하며 쿡쿡 웃었다.

"이 빌어먹을 녀석이! 너는 대체 뭐냐, 어?"

짜증어린 목소리를 높이며 또다시 큰 낫을 고쳐드는 베리안나.

"후후후, 글쎄, 저는 누굴까요? 당신은 제 정체가 누구인지도 모르는 채, 패배하는 거예요."

그러더니 베리안나의 눈앞에서 적이 사라졌다.

동시에 또다시 베리안나의 온몸에 공격이 펼쳐졌다.

"이, 이 빌어먹을 꼬맹이가!"

베리안나는 분노에 내맡겨 또다시 큰 낫을 마구 휘둘렀다.

하지만 이미 체력을 무척 소모한 상태에서 맹독에 걸린 베리안나의 몸은 상당히 지쳐 있어, 이윽고 큰 낫을 손에 든 채로 그 자리에 한쪽 무릎을 꿇었다.

"후후후, 아무래도 거기까진가 보네요."

또다시 출현한 적이 쿡쿡 웃음을 높였다.

"그럼 슬슬 편하게 해줄까요."

그러더니 적은 또다시 안개처럼 흩어지며 사라졌다.

"……에잇, 빌어먹게 지긋지긋하네."

그 모습을 바라보며. 지긋지긋하다는 듯 혀를 차는 베리안나.

……이런 모습…… 울프 저스티스 님께는, 절대로 빌어먹게 보여주고 싶지 않은데…….

거친 숨을 몰아쉬며 힘을 짜내어 큰 낫을 휘두르는 베리안나.

하지만 수수께끼의 적은 큰 낫의 공격 틈새를 누비듯이 베리안나에게 정확하게 공격을 가했다.

베리안나의 큰 낫은 공허하게 허공을 계속 가르고, 그녀의 몸은 의문이 적이 펼치는 공격으로 상처투성이가 되었다.

베리안나의 의식은 희미해졌다.

'……빌어먹게 여기까지냐…… 젠장…….'

베리안나는 몽롱한 의식 속에서, 울프 저스티스의 모습이 떠오르는 것을 느꼈다.


마왕군의 공격을 수도 없이 무찌른 울프 저스티스.

그런 그는 힘을 숭상하는 마족들 사이에서 절대적인 인기를 자랑하고 있었다.

베리안나 역시도 울프 저스티스의 열광적인 팬 중 하나였다.

울프 저스티스, 정체는 홀리오이지만, 그 사실을 아는 것은 클라이로드 마법국과 마왕군의 지극히 일부 인원뿐이라, 그 정체가 동생의 동급생 아버지인 홀리오라는 사실을 베리안나는 알지 못했다.


베리안나의 의식 안에 떠오른 울프 저스티스는 이야기했다.

──『눈으로 보지 마라, 피부로 느껴라, 그것이 저스티스.』

홀리스 잡화점이 발매 중인『저스티스 일력! ~울프 저스티스 오늘의 한마디』의 한 문장이었다.

'……울프 저스티스 님…….'

그 말을 들은 베리안나는 큰 낫을 위로 고쳐 들고, 크게 숨을 내쉬고, 그 자리에 눈을 감고, 신경을 맑게 가다듬었다.

'……그래, 저 녀석의 그림자만 쫓아 봐야 빌어먹게 어쩔 수 없어…… 빌어먹을 저 녀석의 기척을 느끼는 거야…….'

의식을 집중하고 신경을 가다듬는 베리안나.

……그러자 그때까지 느낄 수 없었던 세세한 기척을 자신의 주위에서 느낀 베리안나.

어지간히 신경을 집중하더라도 알아차리지 못하겠다, 그렇게 여겨질 만큼 작은 기척. 그 기척은 베리안나 주위를 춤이라도 추듯이 하늘하늘 계속 맴돌며 이따금 그녀에게 접근해서 공격을 가했다.

그 기척에 의식을 집중하는 베리안나.

'……피부로 느끼는 거야…….'

베리안나는 한번 크게 숨을 내쉬었다.

"빌어먹을 거기냐!"

큰 낫을 작게, 그리고 예리하게 휘둘렀다.

그 큰 낫에 확실한 감촉이 전해졌다.

"갸아아아아아아아."

비명과 함께 무언가가 땅으로 떨어졌다.

그곳에는 전신이 1밀리미터도 안 되는 벌의 모습이 있었다.

그 벌은 몸이 베리안나의 큰 낫으로 잘려서 상반신 부분이 괴로운 듯 꿈틀거렸다.

"……이 자식, 이제까지 잘도 빌어먹게 제멋대로 해주셨군."

"자, 잘도 내 정체를 간파했네요……. 칭찬해 줄게요……. 하지만, 그것도 여기까지예요. 저는 이제부터 이 몸을 세분화해서……."

벌이 거기까지 말을 꺼냈을 때였다.

벌의 몸에 엄청난 전격이 쏟아졌다.

너무나도 강렬한 그 전격 앞에, 그 벌은 새카맣게 그을린 채로 꿈쩍도 하지 않았다.

"적 앞에서 빌어먹게 꾸물꾸물 떠들어 대지 말라고. 말이 끝나는 걸 빌어먹게 얌전히 기다려 줄 만큼, 나는 빌어먹게 다정하지 않거든."

전격을 펼친 오른손을 뻗은 채, 혀를 차는 베리안나.

"그래서? 아직 빌어먹게 더 할 거야?"

그 말에 벌의 잔해에서 대답은 없었다.


○베리안나 (피부로 느껴라 지옥 전격파) 맹독봉족 스텔스●


베리안나는 큰 낫을 어깨에 짊어지고 크게 숨을 내쉬었다.

'……울프 저스티스 님…… 나 같은 빌어먹을 미숙한 녀석을 도와주시다니.'

눈을 번쩍 뜨는 베리안나.

'……이제는 빌어먹을 아내가 될 수밖에 없어! ……아아, 하지만 그렇게나 빌어먹게 강하고 빌어먹게 멋있고 빌어먹게 최고인 분이시니 기혼이실지도 모르지만, 그때는 빌어먹을 세컨드라도 상관없어!'

베리안나가 하늘을 올려다보며 황홀한 표정을 지었다.


◇같은 시각 칼고시 해안◇

"왜, 왜 그래, 리스?"

갑자기 일어선 리스에게 훌리오는 고개를 갸웃거리며 말을 건넸다.

그런 훌리오 앞에서 리스가 주위를 두리번두리번 둘러봤다.

"아뇨…… 기분 탓인지 서방님께 위해를 끼치려고 하는 못된 녀석의 파동을 느껴서……."

코를 킁킁거리며 주위를 계속 둘러보는 리스.

"으음…… 그, 그래?"

그런 리스에게 그저 쓴웃음 지을 수밖에 없는 훌리오였다.


◇동굴 안◇

콜렉터블과 우르고 패밀리가 대치 중인 동굴 안으로, 싸움을 마친 멤버들이 돌아왔다.

"빌어먹게 이기고 왔다고."

큰 낫을 짊어지고 휘파람을 불며 데미 일행 곁으로 돌아온 베리안나.

그런 베리안나를 골렘 로젠로렐이 만면의 미소로 끌어안았다.

"정말 잘했어! ……어, 아니, 죄송해요, 사천왕 분께 그만 허물없이 굴어서……."

황급히 베리안나에게서 떨어진 로젠로렐.

그런 로젠로렐에게 베리안나는 씨익 미소를 지었다.

"……괜찮아, 나는 딱히 빌어먹게 신경 안 쓰니까."

그러더니 근처 바위에 털썩 앉아서 크게 숨을 내쉬었다.

그 옆에는 먼저 돌아와 있던 리리안주와 밸런타인.

"남은 건 둘이네."

반투명한 검은 벽 너머, 콜렉터블의 눈앞에 떠 있는 윈도우를 바라보며 팔짱을 끼는 밸런타인.

콜렉터블은 그런 밸런타인을 분하다는 듯 바라봤다.

'……뭐, 됐어. 여차하면 이 여자를 인질로 잡고서 도망치면 그만이니까. 지금이야 기뻐해 두라고.'

콜렉터블은 쿳쿳 웃음을 흘리며 밸런타인을 계속 바라봤다.

"어머? 무슨 일일까? 내 얼굴에 뭐라도 묻었어?"

콜렉터블의 시선을 알아차린 밸런타인은 오른손으로 자신의 얼굴을 문지르며 물었다.

그 동작에 콜렉터블을 작게 혀를 차더니,

"꽤나 여유롭네. 뭐, 확실히 여기까지는 너희가 우세해. 그건 인정할게.

하지만 말이야, 남은 두 사람은 내 콜렉션 중에서도 쌍벽을 다투는 강자들이야. 저 두 사람이 이제 곧 너희 대표 둘을 쓰러뜨리고, 그 다음에 너희도 쓰러뜨려 줄 테니까 말이야. 뭐, 기대하면서 기다리라고."

콜렉터블은 그러더니 다시금 윈도로 시선을 향했다.

◇ ◇ ◇

· 아룬키츠 VS 거상족 엘레판티노

"으음?!"

타이트한 검은 상의에 미니스커트를 입은 아룬키츠는 양손을 교차하여 방어 자세를 취했다.

그 팔이 장갑 짐마차의 외벽으로 변화했다.

짐마차 마인인 아룬키츠는 한번이라도 건드린 탑승물로 자신의 모습을 변화시킬 수 있는 스킬을 가진 희소한 마인으로, 몸의 일부만을 탑승물의 일부로 변화시키는 것도 가능했다.

그곳에 엘레판티노의 거대한 코가 채찍처럼 휘리릭 날아들었다.

완벽하게 가드했음에도 불구하고 아룬키츠의 몸은 뒤로 날아가서 그대로 벽에 처박혔다.

이 돔 안은 자연 암석으로 뒤덮여 있기에, 암석이 아룬키츠의 등에 파고들었다.

"어라어라, 지금 그거로도 아직 안 부서졌나요~, 무척 튼튼한 분이네요~."

엘레판티노는 아룬키츠의 두 배 가까이 거대한 몸을 구사하여 그녀를 내려다봤다.

이미 스무 번 이상의 노즈 윕 어택을 계속 두들긴 엘레판티노는 감탄한 목소리를 높이며 아룬키츠를 내려다봤다.

"이렇게 적으로 만나지만 않았다면~, 차 정도는 같이 마셨을 텐데~."

난봉꾼 같은 용모 그대로, 가벼운 말투로 아룬키츠에게 말을 건네는 엘레판티노.

"하지만 지금 항복해 준다면 특별히~, 뜨거운 홍차를 서비스해 줄게요~."

엘레판티노는 그러면서 몸을 낮추고, 여전히 바위에 처박힌 아룬키츠를 향해 뛰어나갔다.

"다만, 꽁꽁 묶어서 움직이지 못하게 만든, 당신의 입에 직접 말이죠~."

엘레판티노는 거구를 아룬키츠에게 부딪쳤다.

커다란 소리와 함께 엘레판티노의 거구가 아룬키츠와 함께 암반에 처박혔다.

그 감촉에 엘레판티노는 만족스러운 미소를 지었다.

"아무래도 짐마차 마인님은 내 몸에 짓눌려서 박살 난 모양이네요~."

"호오, 귀공의 몸 너머, 어디에 짐마차 마인이 박살 나 있다는 겁니까?"

후방에서 들린 목소리에 엘레판티노는 눈을 동그랗게 떴다.

황급히 돌아본 엘레판티노.

그 시선 앞에는 아룬키츠가 서 있었다.

……다만 어째서인지 아룬키츠의 상반신 옷이 사라졌고, 드러난 가슴을 양팔로 팔짱을 끼듯이 가리고 있었다.

엘레판티노의 몸 앞에는 암반에 처박혀서 너덜너덜해진 아룬키츠의 상의가 있었다.

"좀 더워져서 상의를 벗었습니다만? ……감사하군요, 굳이 다림질까지 해주셔서."

그러더니 엘레판티노를 향해 질주하는 아룬키츠.

그녀의 몸이 장갑 짐마차로 변화했다.

"다림질 비용은, 이걸로 되겠습니까?"

"히익?!"

갑자기 출현한 장갑 짐마차를 앞에 두고 엘레판티노는 후방으로 물러나려 했다.

하지만 긴 엄니가 암반에 박혀 있었기에 그 자리에서 움직이지 못했다.

다음 순간, 엘레판티노의 몸에 장갑 짐마차로 변화한 아룬키츠가 처박히고, 엘레판티노의 목을 암반에 짓눌렀다.

"자, 제대로 분위기를 탔습니다! 팍팍 갑니다!"

인간 형태로 변화한 아룬키츠는 오른팔로 가슴을 가리며 기합이 들어간 목소리를 높였다.

눈 앞의 엘레판티노는 암반에 처박힌 자세 그대로 미동도 하지 않고 있었다.

그런 엘레판티노의 모습을 바라보며 아룬키츠는 경계를 늦추지 않았다.

"호오, 당한 척해서 제 방심을 이끌어내려는 작전이로군요. 후후후, 그럴 순 없습니다. 저 아룬키츠는 사각도 방심도 없습니다!"

그 말대로 아룬키츠는 방심 없이 엘레판티노의 모습을 바라봤다.

하지만 그 시선 앞에서도 엘레판티노는 꿈쩍도 하지 않았다.

"⋯⋯아무리 그래도 연기가 지나치군요. 자, 냉큼 이쪽으로 오시죠."

엘레판티노의 엉덩이를 오른손으로 때리는 아룬키츠.

그러자.

쿠구~웅⋯⋯ 엘레판티노의 거구가 힘없이 땅으로 무너져 내렸다.

그 목은 있을 수 없는 방향으로 꺾여 있고 얼굴에 생기를 잃었다.

아룬키츠는 그런 엘레판티노의 얼굴을 들여다보며 그의 얼굴을 쿡쿡 찔렀다.

하지만 그 후로도 엘레판티노가 반응하는 일은 없었다.


○아룬키츠 (장갑 짐마차 들이받기) 엘레판티노●


"자, 잠깐만 기다리십시오! 제 활약은 지금부텁니다! 이렇게 끝내선 안 됩니다! 냉큼 눈을 뜨고 싸움을 계속하는 겁니다!"

필사적으로 엘레판티노의 몸을 흔드는 아룬키츠.

하지만 엘레판티노는⋯⋯.

◇ ◇ ◇

윈도에 비치는 광경을 바라보며 콜렉터블은 입을 떡 벌린 채로 굳어 있었다.

'……엘레판티노는 국가 파괴자라는 별명이 붙은, 나라 하나를 혼자서도 유린할 수 있다 하는 맹자인데…….'

윈도 너머에서 아룬키츠는 아직도 엘레판티노의 몸을 계속 흔들고 있었다.

콜렉터블은 그 모습을 바라보며 그저 기겁하고 있었다.

그런 콜렉터블과 검은 벽을 사이에 두고서 자리 잡은 우르고 패밀리&금발 용사 일행은, 검은 벽에 바싹 붙어서 남은 윈도 하나를 보고 있었다.

"……금발 용사님은 뭘 하는 걸까?"

윈도를 바라보며 밸런타인은 무심코 고개를 갸웃거렸다.

그 윈도 안에는 무수한 구멍이 마구 뚫린 지면만이 계속 비치고 있었다.


· 금발 용사 VS 두더지 마인 모리모리모구란

"에~잇! 약삭빠르게 도망만 치고!"

금발 용사는 드릴 불도저 삽을 휘두르며 땅속을 계속 나아갔다.

"그건 내가 할 말이다모구!"

빨강과 하양의 공 모양 몸을 가진 모리모리모구란 역시도, 머리의 진동으로 흙속을 파고 나아가며 금발 용사를 공격하려 돌아다니고 있었다.

서로 땅속을 파고, 서로 땅속을 헤매는 둘.

흙속의 두 사람은 지상에서 엿볼 수 없는 공방을 펼치고 있었다.

……그러나,

윈도로 그곳을 지켜보는 일동에게 보이는 것은 구멍이 잔뜩 뚫린 지면뿐이고, 금발 용사와 모리모리모구란의 목소리가 이따금 들릴 뿐이었다.

"에잇! 네놈 탓에 베리안나와 아룬키츠를 도와주지 못하지 않느냐!"

"모구! 진지하게 싸워라모구! 가끔씩 기척이 사라지던데, 설마 다른 곳에 갔던 거냐모구?!"

"동료를 도우러 가는 게 뭐가 나쁘냐! 분하다면 날 붙잡아 봐라!"

"모구! 이제 화났다모구!"

금발 용사의 말에 분노를 폭발시킨 모리모리모구란은 흙속을 마구잡이로 파고 다니기 시작했다.

그에 맞추어서 지면이 차례차례 무너졌다.

금발 용사가 지상에 서 있었다면 그 구멍 중 하나로 끌려 들어갔을 터.

흙속에서 벌어지는 전투가 특기인 모리모리모구란.

하지만 금발 용사 역시도 드릴 불도저 삽을 구사한 흙속에서의 전투가 특기였다.

서로가 특기인 공격이 겹친 상황에서, 흙속이라서 서로가 어디에 있는지 파악하지 못한 채로 그저 땅만 마구 파대는 둘.

'이대로는 끝이 안 난다…… 뭔가 좋은 방법 없나…… 뭔가…….'

구멍을 파며 생각하는 금발 용사.

'……잠깐만…… 저 녀석도 나도, 좌우로 구멍을 파고 있지…… 횡과 횡이라면 좀처럼 맞닥뜨리지 못하는 것도 당연하다…… 그렇다면!'

"좋아. 부탁한다고, 드릴 불도저 삽!"

그러더니 금발 용사는 세로 방향으로 구멍을 파기 시작했다.

하나, 둘. 세로 방향으로 구멍을 팠다.

그리고 다섯 번째 세로 굴을 파고 있을 때였다.

"모, 모구?! 어째서 이런 곳에…… 어째서 세로 굴이 있냐모구?! 어, 어~라~ 떨어진다모구~!"

비명에 이어서 구멍 바닥에 처박히는 소리가 울렸다.

"후하하하하! 드디어 잡았다고, 이 두더지 녀석!"

소리가 들린 방향으로 뛰어가는 금발 용사.

그리고 구멍 바닥에 쓰러진 모리모리모구란을 발견하고는 드릴 불도저 삽을 들어 올렸다.

퍽!

팍!

찰싹!

돔 안에는 그저 구타 소리만이 울렸다.

"그, 금발 용사님…… 가차 없네."

윈도 안을 바라보던 왕창 우하는 쓴웃음을 지었다.

그 말에 다른 멤버들도 쓴웃음 지으며 끄덕였다.

구타 소리가 그치고 얼마 후, 지면 위에 새로운 구멍이 출현했다.

그 구멍 안에서 모습을 드러낸 것은 금발 용사.

금발 용사는 오른손으로 모리모리모구란을 끌어올리더니 땅바닥 위로 내동댕이쳤다.

"정말이지……. 크고 무겁고…… 정말로 귀찮은 녀석이로군."

악다구니는 내뱉으면서도 모리모리모구란을 땅에 눕히더니 가슴에 손을 대어 목숨에 지장이 없는지 확인했다.

○금발 용사 (드릴 불도저 삽으로 구타) 모리모리모구란

◇ ◇ ◇

금발 용사의 모습에, 윈도를 보던 금발 용사 일행과 우르고 패밀리 멤버들이 환호성을 터뜨렸다.

"역시 금발 용사님이시오!"

"금발 용사님! 수고했어요."

"으음…… 저도 저런 식으로 활약하고 싶었습니다……."

윈도 안의 금발 용사에게 계속 환호성을 보내는 금발 용사 일행.

그 뒤쪽에서 베리안나가 복잡한 표정을 짓고 있었다.

"……저, 저걸로 빌어먹게 이겼나고……."

자신의 격전을 다시금 떠올리며 가슴에서 복잡한 감정이 솟구

치는 베리안나였다.

　그 윈도 안,
　"자, 콜렉터블. 약속대로 츠야를 풀어 줘라! 알았나?"
　금발 용사는 콜렉터블에게 시선을 향했다.
　그러자 그 시선을 맞닥뜨린 콜렉터블은 즐거운 듯 웃기 시작했다.
　"약속? 그게 뭐야? 맛있는 거야?"
　콜렉터블이 손가락을 딱 튕기자 재생이 끝나고 회복된 촉수 마인이 왕창 우하에게 촉수를 뻗었다.
　금발 용사의 승리에 기뻐서 방심하던 왕창 우하는 또다시 그 촉수에 붙잡히고, 그대로 콜렉터블 곁으로 끌려갔다.
　"치잇! 이 빌어먹을 비겁한 놈이!"
　곧바로 큰 낫을 든 베리안나가 달려 나갔다.
　"이런, 거기까지야."
　콜렉터블은 시원스러운 표정을 지으며 신경독 탓에 의식이 혼탁한 왕창 우하와 츠야의 목덜미에 단검을 들이댔다.
　그 광경을 앞에 두고 베리안나는 황급히 정지했다.
　베리안나와 마찬가지, 뛰어가려던 다른 이들도 걸음을 멈췄다.
　그런 일동을 둘러본 콜렉터블은 만족스럽게 끄덕이고, 시선을 윈도 너머의 금발 용사에게 향했다.
　"미안하네, 금발 용사. 나 있지, 엄청 오래 살다 보니 기억력이 나빠져서. 너희와 어떤 약속을 했는지 잊어버렸거든."

쿡쿡 웃는 콜렉터블.

"바보 같은 소리 마라. 그럴 때를 위해서 사전에 계약서를 나누고, 서로 피로 지장도 찍었을 테지?"

"아, 혹시 이거 말이야?"

콜렉터블의 손에는 금발 용사가 마법 주머니에 집어넣었을 터인 계약서가 있었다.

콜렉터블은 쿡쿡 웃으며 그 계약서에 마법으로 불을 붙였다.

"아하하, 계약서라니, 그런 게 어디 있지? 어라?"

그러면서 계속 쿡쿡 웃는 콜렉터블.

"이 어찌나 비겁합니까!"

아룬키츠가 혀를 차며 몸을 내밀었다.

"아, 아룬키츠 경…… 이, 일단 뭔가 입으시오…….."

리리안주의 말대로 상반신은 여전히 알몸인 아룬키츠였다.

그런 금발 용사 일행이 노려보는 가운데, 양피지는 완전히 불탔다.

"……뭐, 그러니까 내가 너희와 뭔가 약속을 했다는 증거는 어디에도 없고, 나는 이 희소 종족들과 함께 다시 어둠의 세계로 숨기로 할게. 여러분, 내 심심풀이에 어울려 줘서 고마워. 아, 이 인간족한테는 솔직히 흥미가 없지만, 내가 무사히 도망칠 때까지의 인질이라는 걸로, 이대로 데려가도록 할게."

쿡쿡 웃으며 영창하는 콜렉터블.

그러자 그의 발밑에 거대한 마법진이 전개되기 시작했다.

그 마법진은 콜렉터블을 중심으로, 검은 벽 쪽에 모여 있는 희소 종족들의 발밑까지도 뒤덮었다.

콜렉터블의 몸은 점차 그 마법진 안으로 가라앉기 시작했다.

"그럼 여러분, 잘 계시길. 뭐, 두 번 다시 만날 일은 없을 거라 생각하지만."

콜렉터블은 과장스럽게 인사하며 마법진 안으로 사라졌다.

모두가 달려들려고 해도 왕창 우하가 전개 중인 검은 벽이 사라지지 않아서, 그 너머로 나아가지를 못했다.

그 광경을 즐겁게 바라보는 콜렉터블.


덥석.


그의 머리카락을 누군가가 움켜쥐었다.

갑작스러운 일에 곤혹스러워 하며 콜렉터블이 황급히 머리 위를 봤다.

그 머리 위에는 절반이 어린아이, 절반이 해골인 일그러진 모습의 존재가 허공에 떠 있었다.

그자는 알몸에 너덜너덜한 망토를 걸치고 자루가 긴 반원형의 낫을 들고서, 다른 한쪽 손으로 콜렉터블의 머리를 붙잡고 있었다.

"네놈이로군…… 피의 맹약을 깬 자는?"

콜렉터블의 머리카락을 붙잡고 있는 그자는, 콜렉터블의 몸을 억지로 끄집어냈다.

"자, 잠깐만 아파, 아프다니까!"

필사적으로 버둥거리는 콜렉터블.

하지만 이형의 그 존재는 그런 것 따위는 개의치 않는다는 듯이 콜렉터블을 마법진 안에서 억지로 끄집어내더니, 그의 머리카락을 붙잡은 상태로 공중에 들어 올렸다.

"너 누구야? 갑자기 나타나서 내 집단 전이 마법을 무효화하다니, 웃기지도 않는데."

이형의 존재에게서 도망치고자 콜렉터블은 필사적으로 팔다리를 퍼덕거렸다.

"나는 피의 맹약의 집행 관리인…… 신계에서 온 사자."

그러더니 손의 낫을 콜렉터블의 목덜미에 들이댔다.

"피의 맹약의 계약 불이행을 확인, 임무를 수행한다."

얼음장같이 차가운 목소리로 그렇게 말하는 이형의 존재——피의 맹약의 집행 관리인.

"자, 자, 잠깐만?! 뭐냐고, 그 피의 맹약이라는 건?! 나, 난 그런 거 몰……."

"피의 맹약에 사인하고 피로 지장까지 찍었으면서 무슨 소리냐. 피의 맹약은 신계의 신의 이름으로, 서로가 절대적으로 어겨서는 안 되는 약속을 나눌 때에 진행하는 계약이 아니냐. 그것을 깬 자에게는 나, 피의 맹약의 집행 관리인이 처벌을 내리는 것이다."

"바, 바보 같은 소리 말라고, 내가 그런 리스크 높은 계약을 맺을 리가……."

"이것 참, 곤란하구나 콜렉터블. 내가 만든 피의 맹약에 사인하고, 피로 도장까지 찍지 않았느냐. 다만 그 맹약을 깨고 계약서를 불태워 버린 것도 너다만……."

동굴 안에서 돌아온 금발 용사가 콜렉터블에게 말했다.

"그, 금발 용사…… 너는……."

그때 콜렉터블은 간신히 모든 것을 이해했다.

'……그런가. 내가 약속을 지키지 않으리라 판단한 금발 용사는, 나와 피의 맹약을 맺기로 했다……. 처음에 적은 그 양피지가 바로 피의 맹약…… 그러면 만에 하나 내가 약속을 지키지 않더라도, 피의 맹약의 집행 관리인이 처벌하러 올 테니까…….'

"참고로 덧붙여 두겠다만, 피의 맹약을 깨는 행위를 저지른 자는, 곧바로 그 영혼을 뽑아서 지옥계 최하층으로 보내고 영원히 그곳에 유폐되어 두 번 다시 되살아날 수 없게 된다더라고."

"자, 자, 잠깐만 금발 용사, 아니, 금발 용사님! 죄송해요! 제가 잘못했어요! 죄송해요! 순순히 제 패배를 인정할 테니까, 부탁이니까 살려 주세요! 물론 맨입으로 그러는 게 아니에요! 제가 모은 희소 종족을 전부 주고, 팔아서 얻은 돈도 전부 줄게요! 어떤가요? 좋은 조건이라고 생각하지 않나요?"

금발 용사를 향해 필사적으로 목숨을 구걸하는 콜렉터블.

"……쫑알쫑알 시끄럽다고."

피의 맹약의 집행 관리인은 오른손을 단숨에 치켜들어 콜렉터블의 입 안으로 쑤셔 넣었다.

팔다리를 버둥거리며 저항하던 콜렉터블.

하지만 피의 맹약의 집행 관리인이 입 안에서 검은 덩어리를 뽑아내는 것과 동시에, 그 몸은 더 이상 꿈쩍도 하지 않았다.

잠시 후, 콜렉터블의 몸 그 자체도 검은 덩어리 안으로 빨려 들어갔다.

"피의 맹약을 깨고 그것을 불태운 피의 맹약의 계약 불이행자의 영혼을 포박했다. 이제 귀환하겠다⋯⋯."

그러더니 피의 맹약의 집행 관리인의 모습은 순식간에 사라졌다.

◇ ◇ ◇

하늘을 올려다보던 데미가 금발 용사 곁으로 다가갔다.

"그건 그렇고 금발 용사님⋯⋯ 피의 맹약 같은 걸 어떻게 알고 계셨네요."

"뭐⋯⋯ 옛날에 형제한테, 이 피의 맹약 탓에 지독한 일을 당한 적이 있다고 들은 적이 있어서 말이다. 그때 이것저것 배웠지."

드릴 불도저 삽을 마법 주머니에 다시 넣고 금발 용사는 츠야에게 걸어갔다.

그럼 금발 용사 앞에서 츠야는 마치 지금 일어난 것처럼 크게 기지개를 켜며 주위를 둘러봤다.

"어라아? 다들 모여서는, 무슨 일인가요오?"

"정말이지⋯⋯ 태평한 녀석이구나, 너는⋯⋯."

그러더니 금발 용사는 살며시 츠야를 끌어안았다.

"어? 저, 저기⋯⋯ 그, 금발 용사님?!"

갑작스러운 일에 허둥대는 츠야.

'⋯⋯무사해서 다행이다.'

그런 츠야를 금발 용사는 한동안 계속 끌어안고 있었다.


◇며칠 뒤 마왕성 알현실◇

호화로운 옥좌 앞, 바닥에 털썩 앉아 있는 마왕 독슨.

그 앞에서 베리안나가 보고서를 읽고 있었다.

"……그렇게 되어서, 금발 용사님의 빌어먹을 협력 덕분에, 빌어먹을 콜렉터블에게 붙잡혀 있던 희소 종족들을 전원 보호할 수 있었습니다. 빌어먹을 콜렉터블이 빌어먹을 인신매매로 얻은 돈에 더해서 기록도 회수했으니, 거래된 희소 종족들도 이미 빌어먹을 추적을 개시했습니다."

"그 녀석의 부하 동향도 찾았나?"

"예, 칼고시 바다에서 해적 행위를 벌이고 있는 브리독이란 해적이, 빌어먹을 콜렉터블의 부하인 빌어먹을 마법사의 협력으로 희소한 마수를 포획하거나 희소 종족을 손에 넣으려고 한 모양입니다. 그리고 빌어먹을 암상회인가 하는 녀석들도 그 계획에 가담한 모양이라, 그쪽도 조사를 진행하고 있습니다."

"음…… 그런가, 알았다."

베리안나의 보고를 들은 마왕 독슨은 만족스럽게 끄덕였다.

"베리안나."

"아, 예!"

"네가 일해 준 덕분에 희소 종족 사건이 무사히 해결되었다. 감사한다."

바닥에 앉은 채, 깊이 머리를 숙이는 마왕 독슨.

그 광경에, 알현실에 모여 있던 마족들이 술렁거렸다.

유이가드라 불리던 시절의 마왕 독슨은 자신이야말로 정의이자 절대자라는 사고방식을 가져서, 타인에게 감사를 하기는커녕 머리를 숙인다는 건 말도 안 되는 일이었다.

그 시절의 마왕 독슨을 몸으로 직접 체험한 만큼, 마족들이 술렁거리는 것도 어떤 의미도 필연이라 할 수 있었다.

"저, 저 마왕 독슨 님이 머리를 숙이셨어……."

"최근에는 무척 성격이 둥글어지셨다는 느낌은 있었지만……."

계속 술렁거리는 마족들 앞에서 베리안나는 한쪽 무릎을 꿇고 머리를 숙였다.

"저, 저 같은 자에게는 과분하신 말씀. 저 베리안나, 앞으로도 사천왕으로서 부끄럽지 않도록 일하겠노라 맹세합니다."

베리안나와 동시에 옆에 있던 나머지 사천왕인 잔지바르와 코케슈티도 한쪽 무릎을 꿇고 머리를 숙였다.

그에 뒤따르듯이 베리안나 뒤에 있는 마족들도 일제히 한쪽 무릎을 꿇었다.

마왕 독슨은 다시금 사천왕을 둘러봤다.

사천왕이지만 세 사람밖에 임명하지 않았다.

'……저기에, 형씨가 같이 있어 준다면…….'

잔지바르 옆에, 마왕 독슨은 금발 용사의 모습을 떠올렸다.

'……이번 사건 해결에 협력해 준 감사도 해야겠지, 음.'

마음속으로 그런 생각을 하는 마왕 독슨.

그곳으로 측근 후훈이 다가왔다.

"마왕 독슨 님, 생각하시는 도중에 죄송합니다만…… 이제부터 이번에 보호한 희소 종족들의 추후 처우에 대한 긴급회의를 열겠습니다. 그 다음, 사방 마족 알현 예정이 있고, 이어서…….."

공갈 안경을 오른손 검지로 꾹 밀어 올리며 추후 예정을 이야기하는 후훈.

그 말을 들으며 마왕 독슨은 복잡한 표정을 지었다.

'……아무래도 금발 용사 형씨한테 감사인사를 하러 가는 건 무척 나중이 될 것 같군…….'

그런 생각을 하며 한숨을 내쉬는 마왕 독슨이었다.

해안에서 붙잡은 브리독에 더해서 바다 위로 던져진 해적들을 구조하고 그들의 신병을 칼고시 해안 위병 사무소로 이송을 마친 반비르 주니어와 홀리오 일행은, 반비르 주니어의 저택으로 이동했다.

저택 1층에 있는 응접실에 홀리오와 리스, 그리고 반비르 주니어가 모였다.

"설마, 이게 재앙 마수였다니……."

홀리오는 자신의 소지품 저장 공간에 보존 중인 재앙 마수의 윈도를 확인하며 쓴웃음을 지었다.

『재앙의 마경(재앙 마수)』이라고 표시되는 윈도의 자세한 내용을 리스, 반비르 주니어와 함께 확인하는 홀리오.

"크기로만 따지면, 도고로구마 세계에서 붙잡은 재앙의 용보다 한 아름은 더 큰 모양이야. 하지만 능력적으로는 재앙의 용이 위인가……."

"반비르 주니어 씨, 이 재앙 마수는 이전부터 해적 집단과 함께 칼고시 해안을 습격했나요?"

리스의 말에 고개를 가로젓는 반비르 주니어.

"칼고시 근해에서 확인할 수 있었던 건 한 달 정도 전…… 하지만 모습을 드러낸 건 이번이 처음……. 게다가 해적선을 따르는 재앙 마수도 처음이에요……."

곤혹스럽다는 표정을 짓는 반비르 주니어.

그 옆에서 윈도 표시를 확인하던 훌리오는 무엇인가 발견한 듯 윈도 안의 표시를 가리켰다.

"……혹시, 이것의 영향일까?"

그 얘기에 리스와 반비르 주니어는 그 표시를 양쪽에서 들여다 봤다.

그곳에는 '예속화 마법의 지배 아래에 있던 흔적 있음'이라는 표시가 있었다.

"어머, 예속화 마법인가요. 그럼 히야가 붙잡은 저 마법사가 이 마법을 사용해서, 재앙 마수를 시키는 대로 따르게 만들었던 거 군요?"

"사모님, 아무래도 그렇진 않은 것 같습니다."

훌리오와 리스 뒤쪽에서 히야가 모습을 드러냈다.

"어라, 그런 거야 히야?"

"예. 저 마법사에게서 이야기를 듣기에, 예속화 마법을 사용한 건 '콜렉터블'이라는 인물인 모양이고, 저 마법사는 그 콜렉터블 이 사용한 예속화 마법의 지배 아래에 있는 마수에게 명령할 수 있도록 허가를 받았을 뿐이라는 것 같습니다."

"호오, 타인이 사용한 예속화 마법을, 타인이 사용할 수 있게 되는구나."

"제 생각입니다만, 이 콜렉터블이라는 인물이 예속화 마법을 개량한 것으로 여겨집니다."

히야의 말에 훌리오는 조금 씁쓸한 표정을 지었다.

"그 콜렉터블이라는 사람이 어떤 사람인지는 모르겠지만······
예속화 마법을 개량할 법한 사람이라면, 딱히 좋아질 것 같지는
않네······."

이곳 클라이로드 세계와는 달리 다른 세계인 파르마 세계에서
소환된 훌리오.

그 파르마 세계에서는 인간족이 아인족을 차별하고 예속화하
는 일이 많았다.

훌리오는 그런 불평등한 세계에서, 적어도 자신만큼은 차별하
지 않고 아인족들과 평범하게 접할 것을 마음먹고 있었다.

그런 훌리오인 만큼, 예속화 마법에 혐오감이 드는 것이다.


"지고하신 주인님의 심정은 이해합니다. 하지만 이런 마법에
대해서 알아 두는 것도 중요한 일이라고 생각합니다."

"그런, 걸까?"

"예. 예속화 마법에 대해서 모른다면 그 마법을 악용하는 인간
을 막을 수가 없고, 최악의 경우에 예속화 마법의 지배 아래에 놓
이고 말 가능성이 높아집니다. 하지만 예속화 마법을 숙지하고
있다면 그럴 위험성도 무척 낮아질 터이니······."

"그렇구나······ 그런 사고방식도 있겠네."

히야의 말에 훌리오는 납득한 듯 끄덕였다.

"······그러고 보니 히야는 저 마법사한테 어떻게 그 이야기를
들었어?"

"예, 다말리나세랑 마호리온과 함께 다정하게 심문했더니, 자

진해서 모든 것을 자백해 주었습니다……. 심문 상황을 상세하게 말씀드릴까요?"

그러더니 입가에 요염한 미소를 짓는 히야.

'……아, 이건 수련의 일환이구나…….'

그리 헤아린 홀리오는, 평소의 시원스러운 미소를 지으며 고개를 가로저었다.

"음, 오늘은 사양해 둘게."


히야의 수련…….

홀리오에게 패배하고 강한 그에게 감탄한 히야는, 자진해서 홀리오의 부하가 되었다.

홀리오 일가와 함께 생활하는 사이, 홀리오와 리스가 부부로서 밤의 생활을 보내는 모습에 흥미를 품은 히야는 자신이 붙잡은 다말리나세나 마호리온과 함께, 수련이라는 이름으로 밤일의 실험을 밤낮으로 계속하는 것이었다.

게다가 마인인 히야는, 기본 성별은 여성이지만 본래 양성구유였다.


"저, 저기……."

이때 반비르 주니어가 머뭇머뭇 손을 들었다.

"그, 그래서…… 여, 여러분은, 이다음에는 어떻게 하실 예정이실까요?"

"아, 예. 의뢰받은 재앙 마수도 붙잡을 수 있었으니까, 가족 다

같이 칼고시 해안에서 논 다음에 내일 정기 마도선으로 귀가할 예정인데요."

훌리오가 그렇게 말하자 반비르 주니어는 당황한 듯 일어섰다.

"저, 저기…… 괘, 괜찮으시면, 제 저택에서 묵고 가시지 않겠어요? 저, 저기…… 훌리오 님이랑, 여러분께는 이번에도 크게 신세를 졌으니까……."

손짓발짓을 섞어가며 반비르 주니어는 계속 말했다.

"서방님. 반비르 주니어 님도 이렇게 말씀하시니, 감사히 받아들여도 되지 않을까요?"

"그도 그러네."

리스의 말에 훌리오는 평소의 시원스러운 미소를 지으며 끄덕이더니 시선을 다시금 반비르 주니어에게 향했다.

"그러네. 그럼 감사히 그렇게 해도 될까요? 다만 오늘은 제 가족만이 아니라 아이들의 친구들도 있는데요?"

"아, 예…… 전혀 문제없어요. 오, 오히려 기쁘다고 할까…… 그게, 전에 여러분과 함께 있었을 때, 무척 즐거웠으니까……."

"그리고 보니, 이전에 축제 때에도 묵고 갔죠. 그럼 잘 부탁드릴게요."

훌리오의 말에 반비르 주니어는 기쁜 듯 미소 지으며 끄덕였다.

"그럼 저희는 아이들을 보고 올게요."

그러더니 훌리오, 리스, 히야는 방을 뒤로했다.

그들의 뒷모습을 지켜본 반비르 주니어는 서둘러서 준비해야 할 것들을 손으로 꼽으며 확인했다.

"서, 서둘러 환영 준비를 해야지…… 으음, 식사 준비랑, 방 준비랑……."

한창 그러던 중에 반비르 주니어는 문득 고개를 들었다.

"그리고…… 어라? 그리고 뭔가 중요한 걸 깜박한 것 같은데. 으음, 뭐였더라……."

◇같은 시각 칼고시 해안◇

몇 각 전까지 해적선이 습격하고 있었기에 칼고시 해안은 봉쇄되어 있었지만, 반비르 주니어의 종자인 포르세이돈이나 에드서치 일행이 해적선 파편 철거 작업을 완료했기에 해안 개방이 재개되었다.

그런 해안 한편에 훌리오 일가의 일원들이 있었다.

"후와……."

수영복차림의 리루나자는 사베어를 안은 채 바다를 바라보고 있었다.

그녀의 발밑에는 시베어, 스베어, 세베어, 소베어까지 사베어 패밀리가 모여 있었다.

초원의 녹음을 모티프로 한 수영복을 입고 뺨을 붉게 물들이며 흥분한 기색을 보이는 리루나자.

"리루나자는 바다를 보는 건 처음이지."

그 옆으로 엘리나자가 미소를 머금은 채 다가왔다.

흰색을 바탕으로 한 원피스 수영복을 입은 엘리나자는 햇볕에 타는 것을 피하고자 차양이 넓은 모자를 쓰고 있었다.

리루나자는 그런 엘리나자에게 미소를 지었다.

"예! 도고로구마 세계에서 큰 호수는 본 적이 있지만, 바다를 보는 건 태어나서 처음이에요!"

리루나자는 흥분한 나머지 목소리가 뒤집어졌다.

밀려들었다가 돌아가는 파도에 머뭇머뭇하며 발을 뻗기도 하는 리루나자의 모습을 미소로 바라보는 엘리나자.

"너무 바다 멀리 가면 안 돼. 가능한 한 누구랑 같이 있도록 해."

"예! 알겠어요, 엘리나자 언니!"

"엘리나자 누나랑 리루나자, 여기 있었구나."

그런 두 사람 뒤에서 가릴의 목소리가 들렸다.

엘리나자와 리루나자가 돌아보자 그곳에 수영복차림의 가릴이 서 있었다.

미소로 두 사람에게 다가오는 가릴……이지만, 그 뒤로는 사리나와 아이리스테일을 선두로 스노우 리틀이나 레이나레이나 같은 동급생들.

게다가.

"저 남자, 멋있지 않아?"

"응, 엄청 괜찮네."

바닷가로 놀러온 것 같은 여성들이 가릴을 쫓아오듯 뒤따르고 있었다.

"가릴도 참, 여전히 엄청 인기 있네."

그 광경을 본 엘리나자는 쓴웃음 지으며 가릴을 바라봤다.

그런 엘리나자에게 미소를 짓는 가릴.

"그렇지도 않아. 다들 나 같은 녀석이랑 친하게 지내 줘서, 정말 고맙다고 생각해."

시원스러운 미소를 지으며 주위를 둘러보는 가릴.

그 미소는 아버지인 훌리오가 떠오르는 무언가가 깃들어 있었다.

그런 가릴에게 사리나와 아이리스테일이 바짝 다가갔다.

"사, 사리나도, 가릴 님이랑 친하게 지낼 수 있어서 감사 감격이다링!"

하늘하늘한 장식이 달린 비키니차림의 사리나는 그리 말하면서 가릴의 오른팔을 끌어안았다.

"아이리스테일도, 엄청 기뻐한다 인마!"

검은색을 바탕으로 한 원피스 수영복을 입은 아이리스테일도 인형의 입을 뻐끔뻐끔하며 복화술로 말하고, 동시에 가릴의 왼팔을 끌어안았다.

"치사해요! 저도 가릴 님이랑 좀 더 친하게 지내고 싶어요!"

"아, 그, 그러면 나도……."

그 뒤에서 스노우 리틀과 레이나레이나도 달려갔다.

"기회가 있다면, 모쪼록 나도!"

"저, 저기…… 폐가 안 된다면 나도……."

그리고 그 뒤에서 가릴을 멀찍이서 바라보던 여성들까지 저마다 한마디 씩 흘리며 가릴 뒤로 모이기 시작했다.

의도치 않게 가릴 주위로 생겨난 인파.

가릴은 그런 여성들을 둘러보고는 미소를 지으며 말했다.

"해적 소동도 끝났으니까 다 같이 즐겁게 놀까."

"""예!"""

일동은 그에 목소리를 모아 대답했다.


그런 일동을 리슬레이는 조금 떨어진 장소에서 바라봤다.

"여전히 가릴은 엄청 인기 있네."

편하게 움직일 수 있는 스포티한 수영복을 입은 리슬레이는 아킬레스건을 늘이며 준비 운동을 하고 있었다.

그런 리슬레이 옆에는 렙터도 있었다.

"뭐, 가릴은 남자인 내가 봐도 멋있으니까. 게다가 표리부동하지 않고, 모두에게 다정하고……. 인기 없는 게 이상하지."

쓴웃음 지으며 리슬레이와 함께 준비 운동을 하는 렙터.

"뭐, 우리는 우리대로 오랜만에 온 바다를 즐겨볼까. 일단 저 바위까지 경주야."

"그래, 지지 않을 테니까."

리슬레이의 말에 렙터는 씨익 미소를 지었다.

그런 렙터의 어깨를 누군가 뒤쪽에서 덥석 붙잡았다.

"수영 경주인 척하면서, 해안에서 떨어진 바위에 단둘이 있으려 하다니…… 방심할 틈이 없구만."

"으에?! ……스, 슬레이프 씨……."

갑자기 나타난 리슬레이의 아버지, 슬레이프를 보고 렙터는 무심코 얼굴이 굳어졌다.

조금 전까지 즐겁게 좌우로 흔들리던 도마뱀족 특유의 꼬리도 지금은 축 늘어진 채 꿈쩍도 하지 않았다.

"핫핫핫. 뭐, 그렇게 싫은 표정 짓지 마라. 자, 다 같이 경주하지 않겠느냐."

호쾌하게 웃으며 렙터의 어깨를 팍팍 두드리는 슬레이프.

"어, 아, 예⋯⋯."

렙터는 그 말에 그저 끄덕일 수밖에 없었다.

그런 두 사람의 대화를 리슬레이는 쓴웃음 지으며 바라봤다.

"파파, 렙터 너무 괴롭히지 마. 내 친구니까."

"핫핫핫, 당연하잖으냐. 그러니 이렇게 같이 놀자는 게 아니냐."

그러면서 렙터의 어깨에 손을 얹는 슬레이프.

렙터는 그런 슬레이프에게 애써 만든 미소로 답하는 것이 고작이었다.


◇ ◇ ◇


모래사장에서 조금 떨어진 바위에 고자르의 모습이 있었다.

콧노래를 부르며 두꺼운 낚싯대를 준비하는 고자르.

우리미나스는 이를 쓴웃음 지으며 바라봤다.

그런 우리미나스의 눈앞에서 고자르는 두꺼운 낚싯대를 붕붕 휘둘렀다.

"음, 이거면 되겠지."

낚싯대 상태에 만족한 미소를 지은 고자르는 천천히 밀짚모자를 썼다.

'……어째 도고로구마 호수에서 낚시를 한 뒤로, 완전히 낚시에 빠졌구나, 고자르.'

여전히 쓴웃음 지으면서도 우리미나스는 어딘가 다정한 눈빛으로 고자르를 봤다.

'……마왕 시절에는 아침부터 밤까지 마족들만 생각하느라 복잡한 표정만 짓고 있었는데, 마왕 자리를 버리고 훌리오 경과 함께 살게 된 뒤로 고자르는 항상 즐거워 보인다냐……. 마왕 시절의 고자르도 싫지는 않았지만 지금의 고자르가 나는 더 좋다냐.'

고자르의 모습을 바라보며 그런 생각을 하던 우리미나스.

그런 우리미나스에게 고자르가 갑자기 시선을 향했다.

"기다려라, 우리미나스. 오늘밤에는 내가 낚아 올린 생선을 배불리 먹여 줄 테니까 말이야!"

즐겁게 웃는 고자르.

'……뭐, 뭐라고?!'

그 미소에 그만 두근거리고 마는 우리미나스.

뺨을 물들이는 우리미나스 앞에서 고자르는 호쾌하게 낚싯대를 휘둘렀다.

퍼엉!

낚싯대의 속도가 너무나도 빠른 나머지, 공기를 가르는 굉음과 함께 고자르의 눈앞에 있는 바다가 좌우로 갈라졌다.

'……여, 여전히…… 지나치게 규격 밖이다냐…….'

우리미나스는 그 광격에 또 쓴웃음을 지을 수밖에 없었다.

"헌데 우리미나스."

"냐?"

"그 수영복, 잘 어울리는군."

"으, 으냐?!"

기습을 당한 우리미나스는 귀까지 새빨갛게 물들이며 펄쩍 뛰었다.

그런 우리미나스는 이날을 위해 새로 마련한, 노출도를 조절하면서도 몸의 라인을 아름답게 드러내는 경향으로 집중한 수영복을 입고 있었다.

"……저, 정말이지…… 고자르는 비겁하다냐……."

"응? 뭐가 말이냐? 생각한 걸 말로 했을 뿐이라고. 훌리오 경도 그랬으니까 말이다, '생각한 건 말로 하지 않으면 전해지지 않는다'라고."

"……으, 으냐아……."

고자르의 말에 더 이상 말을 꺼낼 수가 없는 우리미나스였다.

◇ ◇ ◇]

해적 소동이 수습된 칼고시 해안에는 훌리오 일행만이 아니라 일반 관광객도 많이들 나와 있었다.

반비르 주니어의 저택에서 해안으로 이동한 훌리오와 리스도 수영복으로 갈아입고서 오랜만의 바다를 만끽하고 있었다.

"서방님, 가끔은 이렇게 느긋이 보내는 것도 좋네요."

얕은 물가를 나란히 걸으며 훌리오에게 리스가 미소로 말을 건

넀다.

흰색을 바탕으로 한 비키니 수영복이 리스의 몸매를 강조했다.

세 아이의 어머니라고는 여겨지지 않는 발군의 몸매를 가진 리스.

"그, 그러네. 최근에는 이래저래 바빴으니까."

그런 리스의 모습에 홀리오는 무심코 두근대면서도 어떻게든 태연을 가장하려고 했다.

그런 홀리오의 팔을 리스는 가차 없이 끌어안았다.


말랑.


홀리오의 팔에 리스의 풍만한 가슴이 꽉 닿았다.

그 감촉에 홀리오는 무심코 뺨을 붉혔다.

"……어, 어라?"

그때 홀리오는 어떤 사실을 알아차렸다.

멈춰 서서 바닷가로 시선을 향하는 홀리오.

"서방님? 왜 그러시나요?"

의아하다는 표정을 지으며 리스가 옆에서 고개를 갸웃거렸다.

"저 부근에 전이 마법의 반응이 있는데……."

홀리오가 바닷가를 가리키는 것과 동시에, 그 일대에 마법진이 출현했다.

황금빛으로 빛을 발하며 회전하는 마법진.

"……누가 여기로 전이하려는 걸까요?"

그러면서도 만에 하나의 일에 대비해서 리스가 자세를 취했다.

훌리오는 그런 리스 옆에서 마법진을 향해 오른손을 뻗었다.

그 손앞에 마법진이 전개되어 천천히 회전했다.

자신이 전개한 마법진으로 훌리오는 출현한 마법진을 조사했다.

"걱정할 것 없어. 저 마법진은 클라이로드 성의 마법사들이 영창하고 있는 모양이야."

"어머, 그런가요?"

훌리오의 말을 듣고 리스는 임전태세를 풀었다.

"파파!"

그곳으로 엘리나자가 달려왔다.

"이쪽에서 전이 마법의 반응을 느꼈는데……."

훌리오 옆에 멈춰 서더니 주위를 둘러보는 엘리나자.

"……흠, 아무래도 저게 원인인가 보군요."

엘리나자 뒤에서 히야도 모습을 드러냈다.

그런 일동이 바라보는 곳에서 우선 여왕과 마도사들이 모습을 드러냈다.

"반비르 주니어 님의 보고에 있었던 해적들의 습격 지점은 이 지점 앞이에요. 여러분, 모쪼록 방심하지 마세요."

일동의 선두에 서서 주위의 상황을 둘러보는 여왕.

그 뒤에서 우르르, 갑옷차림의 기사나 지팡이를 든 마도사들이 출현했다.

"전이 마법을 사용해서 마력이 줄어든 마도사 여러분은 후방에서 대기하세요. 기사 여러분은 진형을……."

여왕은 주위의 상황을 둘러보며 척척 지시를 내렸다.

반비르 주니어로부터 해적 습격에 따른 원군 요청의 마법 통신을 받은 여왕은, 바로 움직일 수 있는 여왕 직할 기사단을 직접 이끌고 마도사들의 전이 마법을 통해 달려온 것이었다.

다만 훌리오의 전이 마법이라면 클라이로드 성 그 자체를 칼고시 해안으로 전이시키는 것도 가능하겠지만, 그렇게까지 강력한 전이 마법을 사용할 수 있는 것은 클라이로드 세계 안에는 훌리오밖에 없다⋯⋯. 그 사실을 아는 것은 훌리오를 포함해서 몇 명밖에 없는 것이었다.

칼고시 해안으로 온 직할 기사단원이 전원 전이를 마친 것을 확인한 여왕은 주위를 계속 둘러봤다.

"⋯⋯어, 어라?"

그녀는 곤혹스럽다는 표정을 지었다.

그도 그럴 것이⋯⋯.

여왕의 눈앞에 펼쳐진 해안은 해수욕을 즐기는 사람들도 북적이며 해적의 기척 따위는 어디에도 없었던 것이다.

그 광경을 보며 여왕은 더더욱 곤혹스러워졌다.

여왕 뒤에서 동행한 제2왕녀와 여왕 직할 기사단의 여기사단장 볼라리스가 달려왔다.

"⋯⋯혹시 해적들의 토벌, 이미 끝났나?"

"⋯⋯하지만 마법 통신으로 긴급 연락을 받고 아직 몇 각밖에 안

지났습니다…… 아무리 그래도 지나치게 빠른 게 아닐까요…….”

제2왕녀와 볼라리스도 곤혹스럽다는 표정을 지으며 주위를 둘러봤다.


◇같은 시각 반비르 주니어의 저택◇

“……?!”

훌리오 일행의 환대를 준비하던 반비르 주니어는 표현할 수 없는 비명을 터뜨렸다.

“……그렇지. 크, 클라이로드 성으로 보냈던 마법 통신……. 해적 토벌이 끝났다는 걸 연락한다는 게, 깜박했어…….”

그 사실을 깨달은 반비르 주니어는 창가로 달려갔다.

창문 너머, 칼고시 해안 앞에 여왕이 이끄는 클라이로드군의 모습이 보였다.

그것을 깨달은 반비르 주니어는 안 그래도 새하얀 피부를 더욱 하얗게 만들며, 마법으로 날아올라 창문으로 튀어나갔다.

훌리오는 전이해 온 여왕에게 상황을 알렸다.

“……그런가요…… 훌리오 님께서 해적들을 토벌해 주셨군요.”

“어, 아뇨, 저는 마수를 붙잡았을 뿐이지, 해적들은 우리 집의 동거인 여러분이 퇴치해 줬어요.”

훌리오로부터 해적을 토벌한 경위 설명을 들은 여왕은 안도한 표정을 지었다.

그곳으로 저택에서 황급히 날아온 반비르 주니어가 내려섰다.

"저, 저기…… 여, 여왕님…… 여, 연락을 깜박했습니다만……

해, 해적은……."

허둥지둥하며 열심히 설명하려 하는 반비르 주니어.

……만약 상대가 예전의 클라이로드왕이었다면.

'네놈! 이렇게 바쁠 때에 헛걸음을 하게 만들다니!'

그렇게 잔뜩 매도한 뒤, 큰 벌금을 내렸을 터였다.

……하지만,

"아뇨아뇨, 해적 토벌 뒤처리 등으로 분주했을 테죠? 오히려

해적 토벌 지원에 때를 맞추지 못해서 미안해요."

여왕은 반비르 주니어에게 치하와 사죄의 말을 건네며 머리를

숙였다.

"저, 저기…… 머, 머리를 들어 주세요……. 자, 잘못한 건 저

인데……."

황급히 자신도 머리를 숙이는 반비르 주니어.

한동안 두 사람은 서로에게 머리를 숙이는 모양새가 되었다.

그 후, 반비르 주니어가 붙잡은 해적들을 볼라리스가 중심이

되어 감옥에서 연행했다.

그 모습을 확인하던 여왕 옆으로 홀리오가 다가왔다.

"저 해적들이 사역하고 있던 마수와, 그 마수를 조종하던 마법

사를 저희가 붙잡았는데 그것도 넘기는 편이 나을까요?"

"그러네요. 마법사는 인도를 부탁드리고 싶지만, 마수 쪽은 소정의 보고서를 제출하면 신병 소유권은 붙잡은 사람한테 있으니까, 훌리오 님께서 원하시는 대로 하셔도 상관없어요."

"알겠어요. 그럼 마법사 사정청취 중인 히야한테 마법사를 데려오라고 말해둘게요."

훌리오의 말에 무심코 얼굴이 파랗게 질리는 여왕.

"히, 히야……라면, 저, 저기…… 빛과 어둠의 근원을 관장하는 마인인……."

여왕의 뇌리에, 일찍이 단죄의 목줄을 사용해서 클라이로드 성내 모든 인간의 목숨을 빼앗으려고 했던 히야의 모습이 떠올랐다.

여왕 뒤에 있던 기사들도 그녀와 같은 일을 떠올렸는지, 일제히 얼굴이 파래져서는 부들부들 떨고 있었다.

그들의 태도에서 대략적인 사정을 헤아린 훌리오는 평소의 시원스러운 미소를 지었다.

"예, 그 히야가 틀림없기는 한데요, 지금의 히야는 함부로 마법을 사용하거나 그러진 않으니까 안심하세요."

"그, 그런가요…… 그, 그렇다면 안심이에요……."

훌리오의 말에 여왕과 기사단 사람들은 크게 안도의 한숨을 내쉬었다.

"그, 그럼 저희는 정기 마도선을 이용해서 클라이로드 성으로 돌아갈까 하니까요."

전날 막 취항한 정기 마도선에는 이곳 칼고시 해안에서 클라이로드 성 아랫마을로 가는 편성이 있었다.

전이 마법을 사용한 마도사들의 마력 회복에 하루 가까이 걸리기에 전이 마법을 사용할 수 없는 여왕 일행은 정기 마도선을 이용해서 성으로 돌아가기로 한 것이었다.

"아, 그거라면⋯⋯."

훌리오는 그러더니 오른손을 뻗고 영창을 시작했다.

그에 맞추어 훌리오 앞의 지면에 마법진이 전개되고 그 안에서 검은 문이 출현했다.

"괜찮으면 이쪽으로 돌아가세요."

그러면서 소환한 전이 문을 열었다.

그 문 너머는 클라이로드 성 정문으로 이어져 있었다.

그 광경에 무심코 눈을 동그랗게 뜨는 기사단 사람들.

"이, 이봐⋯⋯ 저건 전이 마법인가?"

"저, 전이 마법이라는 건, 마법진 안의 인간을 전이시키는 마법 아냐?"

"설마 저 문을 지나면 바로 클라이로드 성으로 돌아갈 수 있다는 건가, 이거⋯⋯."

훌리오의 전이 문을 처음으로 본 기사들은 저마다 곤혹스럽다는 목소리를 높였다.

그 문 너머, 클라이로드 성의 정문을 수비하는 기사단도 갑자기 출현한 전이 문을 앞에 두고 당황한 모습이 보였다.

하지만 이제까지 몇 번인가 훌리오의 전이 문을 본 적이 있는 여왕은,

"번거롭게 만들어서 죄송해요. 모처럼 호의를 베풀어 주셨으니까 감사히 이용하도록 할게요."

훌리오에게 공손히 인사하며 감사의 말을 입에 담았다.


이윽고 기사들이 해적들을 연행하며 전이 문을 지나갔다.

연락을 받은 클라이로드 성 측에서도 기사들이 모여 있어서, 해적들을 클라이로드 성 안의 감옥으로 연행했다.


그런 가운데…….

"싫어요! 저는 가고 싶지 않아요!"

전이 문 근처에서 여자의 비명과도 닮은 외침이 터져 나왔다.

"저, 저는 이미, 히야 언니랑 다말리나세 언니, 마호리온 언니가 없으면 살아갈 수 없는 몸이 되어 버렸어요! 부디, 부디 앞으로도 곁에 있게 해주세요."

울면서 히야의 다리에 매달리는 여마법사.

마수를 조종하던 그 마법사였다.

붙잡혔을 때에는 완전히 거만한 시선으로, '당신들한테 할 이야기 따윈 없어'라고 단언하던 여마법사……였지만, 그런 여마법사는 히야 일행과 헤어지기 싫다고 절규하며 계속 울고 있었다.

그런 여마법사의 머리를 히야가 다정하게 쓰다듬었다.

"당신은, 죄를 저지른 겁니다. 우선은 클라이로드 성에서 그 죄

를 갚도록 해요. 그것을 마치면 또 상대해 줄게요."

"……히야 언니…… 훌쩍…… 훌쩍……."

히야의 얼굴을 바라보며 여마법사는 오열을 흘렸다.

"……아, 알겠어요…… 저, 죄를 갚고, 반드시 돌아올게요……
그때는……."

"예, 기다릴게요."

여마법사는 히야가 다정하게 머리를 쓰다듬는 가운데, 눈물을
흘리면서도 끄덕였다.

그리고 자기 발로 클라이로드 성을 향해 걸어갔다.

그 모습을 바라보던 훌리오는 쓴웃음을 지었다.

'……저 여마법사, 처음에는 그렇게나 반항적이었는데…… 히
야네, 대체 어떤 취조를 한 걸까…….'

그런 생각을 하는 훌리오.

그 시선을 깨달은 히야가 훌리오 곁으로 걸어왔다.

"지고하신 주인님, 제 취조에 흥미가 있으시다면 기록 영상과
함께 설명을 드려도……."

그러면서 히야가 윈도를 열었다.

"아니, 그 마음만으로 충분해. 히야는 신뢰하니까."

훌리오는 평소의 시원스러운 미소를 지으며 고개를 가로저었다.


전이 문 쪽에서 기사들의 이동을 지켜보던 여왕 곁으로 제2왕
녀가 다가왔다.

"여왕 언니, 기사단 이동이 끝났어."

"고마워, 제2왕녀."

제2왕녀에게 감사의 말을 건네고 여왕은 다시금 훌리오에게 시선을 향했다.

여왕 앞에는 훌리오와 리스, 그리고 반비르 주니어의 모습이 있었다.

"그럼 저희는 이만 실례할게요. 반비르 주니어 님께서는 앞으로도 클라이로드령의 남쪽 끝, 이곳 칼고시 해안 통치를 계속해서 잘 부탁드릴게요."

"아, 예…… 여, 열심히 할게요……."

반비르 주니어는 긴장한 표정으로 여왕에게 머리를 숙였다.

"북방의 마왕군과 적대하던 무렵에는 병력에 여유가 없어서 남쪽인 이곳으로 병사를 돌릴 여유가 없었지만, 앞으로는 시급히 주둔지를 편성하고 병사를 파견할게요."

그러더니 여왕은 미소로 머리를 숙였다.


그때였다.


"에리 씨!"

그들 뒤쪽에서 남자의 목소리가 들렸다.

그 목소리를 들은 여왕은 고개를 번쩍 들었다.

그 시선 앞에는 가릴의 모습이 있었다.

"가릴. 여왕님은 일 때문에 오셨으니까, 그렇게 부르면 안 돼."

"아, 그런가. 죄송합니다, 여왕님."

홀리오가 타이르자 가릴이 황급히 말을 고쳤다.

여왕은 그런 가릴에게 시선을 향하고 있었다.

"저, 저기…… 아, 아뇨…… 그게, 따, 딱히 전 신경 안 써도 된다고 할까……. 그, 그게, 이제 돌아가기만 하면 되니까, 그렇게 딱딱하게 부르실 것도 없어요……."

평소 의연한 태도로, 우아한 말투로 이야기하는 여왕.

그런 여왕은…… 가릴 앞에서 얼굴을 새빨갛게 물들이며 목소리가 뒤집히고, 허둥지둥 양손을 계속 움직이고 있었다.

그 모습을 기가 막힌다는 듯 바라보는 제2왕녀.

'……어? 저, 저 여왕 언니가 이렇게나 허둥대다니…….'

시선을 여왕에게서 가릴 쪽으로 옮겼다.

'……아, 그렇구나.'

제2왕녀는 납득한 듯 손뼉을 짝 쳤다.

"이 남성이 여왕 언니가 호의를 가진 가릴 군이구나."

"푸흡?!"

제2왕녀의 말에 여왕이 있는 힘껏 뿜었다.

"……무, 무무무, 무슨 소릴 하는 건가요, 제2왕녀…… 저, 저는, 저는, 저……."

얼굴을 새빨갛게 물들이며 필사적으로 계속 말하려고 하는 여왕.

그런 여왕의 모습을 제2왕녀는 즐겁게 바라봤다.

"자자, 그렇게 당황할 것 없으니까. 아, 그렇지. 여왕 언니, 최근 반년 정도 거의 쉬지도 않고 계속 일했지?"

"그, 그건 그렇지만…… 지, 지금은 그건 관계가…….'

"정기 마도선 덕분에 외교 담당인 나도 빈번하게 성을 비울 필요가 없어졌고, 내정을 돕고 있는 제3왕녀도 최근에는 믿음직해졌으니까 말이지. 내일까지 좀 쉬는 건 어때?"

"쉬, 쉬다니…… 가, 갑자기 그런 말을 해도, 성의 집무도 남아 있고, 대신한테 양해를 구할 필요도 있으니까…….'

"집무는 내가 제2왕녀랑 같이 어떻게든 할 거고, 대신한테도 내가 제대로 보고해 둘 테니까."

"하, 하지만……."

제2왕녀의 말에 여전히 곤혹스럽다는 표정인 여왕.

그때 제2왕녀는 가릴에게 시선을 향했다.

"있지, 가릴 군도 여왕 언니랑 같이 보내고 싶지?"

"예? 그, 그야…… 칼고시 해안에서 같이 보낼 수 있다면, 엄청 기쁘겠지만요."

가릴은 만면의 미소를 지었다.

"……가, 가릴 군…….'

그 말에 여왕은 귀까지 새빨개지며 그 자리에 굳어 버렸다.

제2왕녀는 그런 여왕의 등 뒤로 가더니, 그녀의 등을 기세 좋게 밀었다.

"그럼 뒷일은 부탁할게, 가릴 군."

"꺄?!"

작고 귀여운 비명을 터뜨리며 여왕은 앞으로 떠밀려서 가릴의 품속으로 쓰러졌다.

가릴은 떠밀린 여왕을 단단히 받아 냈다.

그것을 확인하고 제2왕녀는 만족스러운 표정을 지으며 몇 번이고 끄덕였다.

"그럼, 그렇다는 걸로. 실례했어요."

그렇게 말하기가 무섭게 훌리오를 향해 손짓발짓으로, '빨리 이 전이 문을 없애줘!'라고 호소하는 제2왕녀.

그것을 알아차린 훌리오는 조금 곤혹스럽다는 표정을 지으면서도 손을 내려 전이 문을 소멸시켰다.

그 광경을 여왕은 가릴에게 안긴 자세로 바라봤다.

"……어, 어어…… 그, 그게……."

"저, 저기…… 여왕님……."

가릴의 말에 여왕은 꾸물꾸물하며 끄덕였다.

"어, 아뇨…… 그게…… 지, 지금은 휴가 중이니까…… 평소처럼 에리라고 불러준다면……."

그렇게 말하는 것이 고작인 여왕, 엘리자베트였다.

가릴이 여왕을 끌어안은 모습을 나무 그늘에서 보고 있는 그림자가 있었다.

"……저건 뭐냐링……."

"……아무리 생각해도 이상하다고, 인마!"

"……저 여성, 가릴 님한테 너무 친한 척하는 거 아닌가요?"

수영복차림의 사리나, 아이리스테일, 스노우 리틀은 모습이 안 보이던 가릴을 찾으러 왔다가 이곳에서 맞닥뜨렸다.

"……뭐, 뭐 하지만, 보아하니, 꽤나 나이가 있는 분 같다링."

"……또래인 이쪽이 당연히 유리하다고, 인마!"

"……그, 그러네요, 예, 틀림없이 그렇다마다!"

서로 얼굴을 마주보고 함께 끄덕이는 세 사람.

그런 세 사람의 모습을 엘리나자와 리루나자는 조금 떨어진 장소에서 바라보고 있었다.

"으음…… 엘리나자 언니, 저 언니들은 무슨 말을 하는 건가요?"

의아하다는 표정을 지으며 리루나자는 엘리나자에게 시선을 향했다.

엘리나자는, 싱긋 미소 지으며 간단히 정리했다.

"그러네…… 이해하기 쉽게 말하자면, 다들 가릴을 무척 좋아한다는 걸까."

그 말에 리루나자는 기쁜 듯 미소 지으며 끄덕였다.

"저도 가릴 오빠를 무척 좋아해요!"

그런 리루나자의 머리를 미소로 쓰다듬는 엘리나자.

"그러네, 나도 와인 언니도, 다들 가릴을 무척 좋아하는걸."

'……뭐, 저 세 사람의 '좋아한다'랑 우리의 '좋아한다'는 의미가 다르겠지만……. 그걸 이해하기에는, 리루나자는 아직 너무 어리구나…….'

그런 생각을 하며 리루나자의 머리를 계속 쓰다듬는 엘리나자였다.

◇저녁 반비르 주니어의 저택 정원◇

해수욕을 마치고 사복으로 갈아입은 훌리오 일행은 반비르 주니어의 저택 정원에 모여 있었다.

"이건 크네요."

그 정원 한편에 거대한 물고기가 누워 있었다.

그런 거대한 물고기 옆에서 밀짚모자를 쓰고 두꺼운 낚싯대를 짊어진 고자르가 호쾌하게 웃음을 터뜨렸다.

"음, 훌리오 경이 잡은 재앙 마수 정도는 아니지만 상당한 거물이지?"

그 거대한 물고기를 반비르 주니어의 종자인 포르세이돈과 로린데므가 쓴웃음 지으며 바라보고 있었다.

"……저기, 로린데므…… 기분 탓인가, 나한테는 저 물고기가 심해의 제왕이라 일컬어지는 앵거바이스로 보인다만…….'

"우연이네…… 나도 지금 같은 생각을 했어……인 것 같네?"

"……저 사이즈의 앵거바이스라면…… 심해에서도 주인 격의 존재가 아닐까 생각한다만…….'

"우연이네…… 나도 지금 같은 생각을 했어……인 것 같네?"

"굉장한 힘을 가지고 있다는 저 앵거바이스를 심해에서 낚아 올리다니…… 저 사람, 대체 얼마나 엄청난 파워를 가지고 있는 게냐…….'

"……우연이네…… 나도 지금 같은 생각을 했어……인 것 같네?"

포르세이돈과 로린데므가 그런 대화를 나누는 와중에, 반비르 주니어의 저택 정원에서는 바비큐 준비가 진행되고 있었다.

"앗핫핫, 나 에드서치, 전직 해적인 만큼 먹는 것에도 까다로워서 말이야, 월등히 맛있는 바비큐를 먹게 해주지."

해적 시절의 검은 옷이 아니라 하얀 턱시도차림인 에드서치는, 거대한 칼을 휘두르며 물고기를 계속 손질했다.

"시장에서 물고기를 사왔다샤!"

상공에서는 물고기가 가득 담긴 바구니를 발로 붙잡고 있는 괴조 모습의 로프론스가 강하했다.

그 바구니를 에드서치의 부하들이 받아 들고, 바구니 안의 물고기를 누구는 꼬치에 꿰고 누구는 에드서치에게 건넸다.

땅에 내려선 로프론스 곁으로 와인이 달려왔다.

"로프로프! 먹을 건? 먹을 건?"

"지금 모두가 요리 준비를 하고 있으니까, 조금 더 기다려라샤."

"어~…… 배고파! 배고파!"

로프론스 앞에서 와인이 바동바동 두 발을 굴렀다.

"어어어…… 그, 그런 말을 해도 곤란하다샤……."

허둥지둥하며 주위를 둘러보는 로프론스.

"으하하! 이봐 로프론스. 너도 여자친구 앞에서는 엉망이구나."

그런 로프론스를 보며 에드서치가 으하하 웃음을 터뜨렸다.

"저저, 저기, 와와와, 와인이란 난 그런 관계가 아니다샤……."

"으하하! 자자, 됐어 됐어. 이거라도 먹여 줘라!"

그러더니 뒤쪽의 철판에서 굽던 스쿠이드 꼬치구이를 로프론스에게 건넸다.

"곤란하네요~, 그건 지금 막 구운 건데요~."

철판구이를 돕던 빌레리가 입술을 삐죽이며 항의하는 목소리를 높였다.

"으하하! 자자, 자잘한 일은 신경 쓰지 말라고."

"……저, 저기…… 고맙다샤."

로프론스는 그런 대화를 나누는 에드서치를 바라보다가 꾸벅 머리를 숙인 뒤, 와인을 돌아봤다.

"저기, 와인. 일단 이걸 먹고……."

거기까지 말을 꺼낸 참에, 와인은 입을 크게 벌려 스쿠이드 꼬치구이를 입에 넣었다.

"잘 먹겠습니다~!"

다만 기세가 넘친 나머지, 로프론스의 손까지 입 안으로 들어가 버렸다.

"잠깐?! 잠깐만, 와인?! 내, 내 손까지 먹으면 안 된다샤?!"

"우물우물우물……."

"아야야?! 깨, 깨물지 말고! 깨물지 말라샤?!"

필사적으로 손을 흔드는 로프론스.

그 손에서 전혀 떨어질 기척이 없는 와인.

그런 두 사람의 공방을 앞에 두고 주위에서 웃음소리가 터졌다.


일동에게서 조금 떨어진 장소에서 고자르가 직접 낚아 올린 거대한 물고기——앵거바이스를 절단 마법으로 자르고 있었다.

"자, 팍팍 구워라. 아직 먹을 수 있는 곳이 더 있으니까."

즐겁게 웃으며 물고기를 손질하는 고자르.

그 바로 옆에는 임시로 설치한 아궁이가 있고, 그곳에서 발리로사와 우리미나스가 꼬치에 꿴 앵거바이스 고기를 굽고 있었다.

"으음! 이 물고기 맛있어!"

자신의 얼굴 만큼이나 거대한 구이를 먹던 포르미나가 탄성을 터뜨렸다.

그 옆에서는 고로가 정신없이 앵거바이스 구이를 뜯어먹고 있었다.

"겉모습은 그로테스크하지만 맛은 훌륭하군, 이 앵거바이스라는 물고기는."

기뻐하며 구이를 먹는 포르미나와 고로의 모습을 발리로사는 미소로 바라봤다.

"……그건 그렇고 낚아 올릴 때의 고자르…… 굉장했다냐……."

우리미나스는 그 옆에서 쓴웃음을 지으며 고자르가 낚시할 때의 모습을 떠올렸다.


엄청난 기세로 낚싯대를 휘두른 고자르.

그 낚싯대의 바늘에 앵거바이스가 달라붙었지만…….

고자르는 그 거구를 그저 힘으로 들어 올려 해저에서 끄집어 냈다.

그 영향으로 해안에 상당히 큰 파도가 밀려들었다.

평범한 낚싯대나 낚싯줄이라면 분명 망가졌다.

하지만 마법을 구사하여 제조한 홀리스 잡화점의 특제품이기에 내구력만으로 버틸 수 있었다.

"……낚아 올린 다음에 날뛰던 녀석을 후려쳐서 얌전하게 만든 것도, 고자르니까 그런 거다냐……."

"그, 그런 일까지 했나, 고자르 경은……."

우리미나스의 말에 그저 어안이 벙벙한 발리로사.

그 뒤쪽에서 블로섬이 즐겁게 웃고 있었다.

"자자, 고자르 씨답잖아. 그건 그렇고, 이 물고기 맛있네."

포르미나와 고로에 이어서 블로섬까지도 앵거바이스 구이를 맛있게 먹기 시작했기에, 그들 주위로 서서히 사람이 모이기 시작했다.

그런 일동에게서 조금 떨어진 장소에서 홀리오는 윈도 내용을 확인하고 있었다.

"서방님, 뭘 보고 계신가요?"

그곳으로 갓 구운 꼬치를 손에 든 리스가 다가왔다.

"응, 오늘 잡은 재앙 마수를 조사하고 있었어."

"재앙 마수를…… 말인가요?"

"응, 이 마수 말인데, 체내에 거대한 마석이 두 개나 있어. 게다가 도고로구마에서 잡은 어떤 재앙 마수의 마석보다도 훨씬 커."

"어머, 그런가요?"

"그래. 이걸로 정기 마도선을 한 척 더, 거대화시킬 수 있을 것 같아."

리스에게서 물고기 꼬치를 받아들며 훌리오는 기쁜 듯 끄덕였다.

"……그런데 서방님, 그 재앙 마수의 고기는 먹을 수 있나요?"

"어?"

리스의 말에 눈을 동그랗게 뜨는 훌리오.

"그게 말이죠…… 고자르가 낚은 거대한 물고기가 의외로 맛있길래, 서방님께서 붙잡은 재앙 마수의 고기도 맛있을까 싶어서요."

그러면서 리스는 꼬치구이를 먹었다.

리스의 말에 훌리오는 팔짱을 낀 채로 고개를 갸웃거렸다.

"으~응…… 어떠려나…… 회복약의 원료가 되기는 하지만, 그렇다고 해서 맛이 좋다는 건 아니니까……."

"일단 구워 보죠! 고자르한테 질 수야 없어요!"

리스는 앵거바이스를 계속 처리하고 있는 고자르를 곁눈질로 흘기며 대항심을 불태우고 있었다.


힘을 숭상하는 종족인 아랑족 리스는 이따금 승부에 집착할 때가 있었다.

훌리오와 살게 되어서 그런 경향은 무척 줄어들었지만, 이번에는 우연히 스위치가 들어간 모양이었다.


그것을 헤아린 훌리오는 쓴웃음을 지으면서도 끄덕였다.

"그러네, 그럼 시험 삼아서 조금만 구워 볼까."

훌리오는 재앙 마수의 고기를 저장 공간 안에서 잘랐다.

'……일단 인체에 해가 되는 성분은 포함되지 않은 것 같네.'

마법으로 안전을 확인한 뒤, 그 고기를 꺼냈다.

"굽는 건 저한테 맡겨 주세요."

"그럼 부탁할게, 리스."

훌리오에게서 고기를 받아든 리스는 철판이 늘어선 곳으로 달려갔다.

"리스 님, 그 고기는 뭔가요?"

리스가 손에 든 익숙하지 않은 고기를 바라보며 빌레리가 고개를 갸웃거렸다.

"후후후, 서방님께서 사냥하신 마수의 고기에요."

득의양양한 표정으로 대답하는 리스.

그 고기를 더욱 잘게 썰고 꼬치에 꿰더니, 그것을 철판 위에서 굽기 시작했다.

"자, 구울게요!"


……얼마 후.

정원 안에 재앙 마수의 고기를 굽는 냄새가 가득해졌다.

"이, 이 냄새는 뭐지……."

그 냄새를 맡은 고자르는 무심코 코를 막았다.

"냄새나~!"

포르미나도 눈물을 글썽이며 코를 막고 있었다.

그 옆에서 고로 역시도 필사적으로 코를 막았다.

"……으음…… 이상하네요……."

리스 본인도 코를 막으면서, 재앙 마수의 고기를 계속 구웠다.

조리 중인 리스를 반비르 주니어가 복잡한 표정으로 바라봤다.

'……저, 저기…… 악취 소동이 일어날 것 같으니까 좀 자중해 주셨으면 하는데요……. 그렇게 말하고 싶지만…… 훌리오 님의 사모님께서 하시는 일이니까…… 아와와…….'

리스를 멀찍이서 바라보며 반비르 주니어는 연신 허둥지둥했다.

그 모습을 깨달은 훌리오는 오른손을 앞으로 내밀어 마법진을 전개했다.

훌리오가 전개한 악취 제거 마법으로 재앙 마수의 고기를 굽는 냄새만이 주위에서 사라졌다.

"아으으…… 덕분에 살았어요…… 코, 코가 비뚤어지는 줄 알았어요."

리스 옆에서 필사적으로 코를 막고 있던 빌레리가 눈물을 흘리며 훌리오에게 머리를 숙였다.

그 옆에서 리스는 여전히 연신 고개를 갸웃거리고 있었다.

"이상하네요…… 서방님께서 잡은 마수의 고기니까, 이런 냄새가 날 리가 없는데…….""

'……아, 아니…… 내가 잡았다고 해서 이상한 냄새가 나지 않을 리는 없지…….'

"……냄새는 몰라도, 일단 먹어볼까. 맛은 좋을지도 모르니까."

리스의 말에 마음속으로 딴죽을 건 훌리오는, 말끝을 흐리며 리스에게 이야기했다.

"그러네요! 중요한 건 맛이에요!"

홀리오의 말에 마음을 다잡은 리스는 다시금 고기를 제대로 구웠다.

이윽고 마수 고기가 제대로 구워졌다.
"서방님! 다 구웠어요!"
만면의 미소로 구운 고기가 담긴 접시를 홀리오에게 건넸다.

리스로서는, '우선은 무리의 우두머리에게 헌상한다'라는 아랑의 본능에 따른 행동이라 아무런 악의도 없었다.

홀리오 역시도 그런 리스의 행동을 이해하기에 쓴웃음 지으면서도 그 고기를 받아들었다.
'……지금은 악취 제거 마법으로 냄새는 안 느껴지지만…… 괜찮은가?'
고기를 빤히 살피던 홀리오가 뜻을 다잡고.
덥석.
꼬치의 고기 하나를 입 안에 넣었다.
홀리오는 입 안에서 우물우물 고기를 씹었다.

……몇 분 뒤.
홀리오는 그 고기를 꿀꺽 삼켰다.
"어떠셨나요, 서방님!"
리스는 눈을 반짝이며 홀리오에게 다가갔다.

그런 리스 앞에서 훌리오는 복잡한 표정을 짓고 있었다.

"뭐라고 할까…… 묘하게 질기다고 할까, 단단하다고 할까…… 육즙은 굉장하지만, 맛은 별로 없다고 할까……."

"그런가요…… 고자르가 낚은 물고기처럼 맛있지는 않나요……."

훌리오의 말에 리스는 시무룩한 표정을 지었다.

그런 리스의 모습에 쓴웃음 지으며 훌리오는 마수의 고기로 손을 뻗었다.

'……맛은 제쳐놓고, 뭔가 달리 특징 같은 건 없을까…….'

마법진을 전개해서 고기의 성분을 분석하는 훌리오.

"……어라?"

윈도에 표시된 내용을 확인한 훌리오는 무심코 눈을 동그랗게 떴다.


· 초 자양 강장

· 초 자율신경 개선

· 감기 즉시 회복

· 초 피로 회복

· 초 병마 퇴치

· ……


마수 고기의 성분을 표기한 항목 중에, 다양한 효능이 수십 줄이나 늘어서 있는 것이었다.

"잠깐, 이건 굉장한데……."

그것을 바라보며 무심코 감탄을 흘리는 훌리오.

"이 고기는 지금 내가 회복약을 만드는 데 사용하고 있는 마수의 뼈나 고기보다도 굉장히 효능이 강한 것 같으니까, 그대로 먹는 것보다도 새로운 회복약의 원재료로 사용하는 게 나을지도 모르겠네."

"어머! 그랬군요!"

훌리오의 말에 환한 미소를 짓는 리스.

"즉 서방님께서 잡은 마수의 고기는 먹는 것보다도 훨씬 굉장한 사용법이 있었다는 거군요!"

"으음…… 뭐, 뭐어, 그런 이야기일까."

훌리오가 쓴웃음 지으며 끄덕이자 리스는 득의양양한 표정을 지으며 가슴을 폈다.

'……리스는 때로 이런 어린애 같은 행동을 하는구나…… 그런 부분이 귀엽지만.'

훌리오는 기뻐하는 리스의 모습을 평소의 시원스러운 미소를 지으며 바라봤다.


◇그 무렵 칼고시 해안 오지◇

칼고시 해안에서 육지 쪽으로 이동한 산간 지역.

그 한구석에 짐마차 몇 대가 서 있었다.

기척 은폐 마법을 전개하여 주위에 그 존재가 들키지 않도록 대비한 짐마차 무리.

선두의 짐마차 안에서 한 남자가 분하다는 듯 연신 혀를 찼다.

"이건 어떻게 된 거냐? 브리독 녀석, 아무리 기다려도 반비르 주니어의 부하들을 데려올 기미가 없지 않느냐⋯⋯."

궐련의 연기를 뿜어내며 또다시 혀를 차는 그 남자.

그 짐마차 안으로 여자 둘이 들어왔다.

"암왕님, 큰일이다캥."

깊이 파인 금색 차이나드레스를 입은 그 여자는 당황한 기색으로 남자에게 보고했다.

"브리독이 붙잡히고 부하들도 모조리 클라이로드 성으로 끌려갔다캥."

은색 차이나드레스를 입은 여자 역시도 조금 전의 여자와 마찬가지, 당황한 기색으로 남자에게 보고했다.

그 말을 들은 남자──암왕은 기세 좋게 일어섰다.

"부, 붙잡혔다고?! 그, 그럼 저 녀석은 어떻게 됐지? 콜렉터블 녀석한테 빌려온 여마법사는?"

"그게⋯⋯ 그 여자도 클라이로드 성으로 끌려간 모양이다캥."

"아니 잠깐⋯⋯ 그럼 그 여마법사가 조종하던 마수는 어떻게 됐지? 그 마수도 콜렉터블한테 팔아 치울 예정이었잖아? 이미 선금까지 받았다고?"

"그게⋯⋯ 마수도 붙잡혔는지, 거의 반응이 없다캥. 행방을 필사적으로 찾았더니 조금 전에 아주 살짝 반응이 있어서 그걸 따라가 봤는데⋯⋯ 거긴 반비르 주니어의 저택이었다캥."

"이게 무슨 일이냐⋯⋯ 그 마수까지 반비르 주니어한테 붙잡혔다는 건가⋯⋯."

'……확실히 반비르 주니어라는 그 여자는 상당한 마법의 사용자라고 듣기는 했지만, 설마 이 정도일 줄이야…….'

분하다는 듯 혀를 차며 암왕은 머리를 감싸 쥐었다.


암왕…….

원래는 클라이로드 마법국의 국왕이었다.

하지만 나라를 통치하는 것보다도 사리사욕을 채우느라 열심이었던 나머지, 왕의 자리에 있을 때부터 나라의 예산을 사적으로 유용하여 그 돈으로 뒷세계에서 장사를 하고 있었다.

그 사실을 지금의 여왕이 제1왕녀 시절에 밝혀내어 국왕의 자리에서 쫓겨났다. 그 후, 스스로를 암왕이라 칭하고 뒷세계에서 벌이던 장사에 몸을 던진 것이었다.


"콜렉터블이라는 남자는 씀씀이는 좋지만, 약속을 어기면 꽤나 성가신 녀석이니까 말이다……. 부하 희소 종족을 이용해서 무슨 짓을 할지 알 수가 없단 말이야. 적어도 마수만이라도 회수해서 녀석한테 전달해야……."

분하다는 듯 연신 혀를 차며 암왕은 생각에 잠겼다.


참고로…….

콜렉터블은 금발 용사의 책략에 걸려서 이미 클라이로드 세계에 존재하지 않지만, 그들은 아직 그 사실을 알지 못했다.

"……금각 여우, 은각 여우."

"캥."

"캐캥."

"너희 지인 중에 의지할 수 있을 법한 녀석들은 없겠느냐?"

"그러네…… 캥……."

"없는 건, 아니다캐캥."

금색 차이나드레스인 금각 여우와 은색 차이나드레스인 은각 여우의 말에 싱긋 미소를 짓는 암왕.

"그렇다면 그 녀석들을 당장 불러라. 바로 작전을 짜도록 하지."

"알았다캥."

"바로 불러오겠다캐캥."

인사를 하고는 짐마차 밖으로 달려 나가는 금각 여우와 은각 여우.

그 모습은 금색 여우와 은색 여우로 변화하여 숲속을 엄청난 속도로 질주했다.

두 사람이 사라진 짐마차 안에서 암왕은 여전히 분하다는 듯 연신 혀를 찼다.

"……정말이지, 다시 생각해 보면 내 인생은 그 금발 남자를 용사로 임명했을 때부터 망가졌다고 생각할 수밖에 없어…… 지금은 클라이로드 마법국에서 지명수배를 당한 모양이다만. 정말이지, 냉큼 붙잡아서 공개처형이라도 해준다면 울분도 풀릴 텐데……."

분하다는 듯 연신 혀를 차며 암왕은 궐련을 물었다.

◇그 무렵 어느 숲의 가도◇

"후엣취!"

짐마차 마인 아룬키츠가 변화한 짐마차 안에서 갑자기 호쾌하게 재채기를 하는 금발 용사.

"그, 금발 용사니임?! 가, 감기라도 걸리셨나요오?!"

옆에 앉은 츠야가 당황해서는 손수건을 건넸다.

"아니…… 감기는 아닌 것 같다만…… 어쩌면 누군가가 내 이야기라도 하는 걸지도 모르겠군…….."

받아든 손수건으로 입가를 훔치는 금발 용사.

"어~…… 혹시 마왕 독슨 씨일지도 모르겠네요."

금발 용사의 말에 왕창 우하가 크게 끄덕였다.

"그럴 수도 있겠네요. 금발 용사님도 참, 희소 종족 유괴 사건을 해결했으니 감사를 하고 싶다는 마왕 독슨의 제안을 거절해 버린걸요."

왕창 우하의 말에 밸런타인도 맞장구를 쳤다.

『금발 용사 경, 뭣하시다면 지금부터라도 마왕성으로 가겠습니다만.』

짐마차로 변화한 아룬키츠의 목소리가 천장 부근에서 울렸다.

그 말에 금발 용사는 천천히 고개를 가로저었다.

"그럴 필요는 없다. 나는 내가 하고 싶은 일을 멋대로 했을 뿐이니까 말이다."

"금발 용사님……."

금발 용사의 말에 마차 안의 일동은 다들 감동한 표정을 지었다.

"……그럼 측근인 후훈 경의 사자 쪽에서 보수 제안을 받았습니다만. 그것도 거절하면 되겠……."

리리안주가 거기까지 말을 꺼내자 금발 용사는 천천히 오른쪽 손바닥을 리리안주에게 향했다.

"……아니, 그건 감사히 받도록 하지."

"어, 그, 그렇소이까?"

"에잇, 내가 그러기로 정했다! 알겠느냐!"

"아, 알겠소. 그럼 바로 받으러 다녀오겠소이다."

그러더니 리리안주는 짐마차에서 뛰쳐나갔다.

금발 용사는 그 뒷모습을 창문으로 배웅했다.

"……뭐, 그거다……. 이상만으로 먹고 살 수는 없으니까."

"후후, 금발 용사님의 그런 점, 싫어하지 않아요오."

쿡쿡 웃으며 금발 용사에게 몸을 기대는 츠야.

그런 일동을 태운 아룬키츠의 짐마차는 나무들로 뒤덮인 가도를 천천히 나아갔다.


◇그날 밤 칼고시 해안 반비르 주니어 저택◇

"이상하네링……."

저택의 복도를 사리나가 걷고 있었다.

두리번거리며 훌리오 일행이 머무르고 있는 2층 복도를 나아가는 사리나.

그 반대쪽에서 아이리스테일과 스노우 리틀이 걸어왔다.

둘 다 사리나와 마찬가지로 좌우를 두리번거리며 걷고 있었다.

"사리나 씨, 그쪽에 가릴 님은 계셨나요?"

스노우 리틀이 고개를 갸웃거리며 사리나에게 말을 건넸다.

"없다링. 엘리나자 님이랑 같이 방에 있을 텐데, 지금 들러 봤더니 없었다링."

"이쪽의 마법 학교 녀석들이 묵고 있는 방에도 없었다고 인마!"

안고 있는 인형의 입을 뻐끔거리며 복화술로 목소리를 꺼내는 아이리스테일.

그 말을 들은 사리나는 팔짱을 끼며 고개를 갸웃거렸다.

"모처럼 가릴 님이랑 같이 밤의 칼고시 해안을 산책할 생각이었다링……. 그런데 막상 중요한 가릴 님은 어디에 가셨냐링?"

사리나의 말에 아이리스테일과 스노우 리틀도 팔짱을 끼며 고개를 갸웃거렸다.


◇같은 시각……◇

"……별이 아름다워요……."

밤하늘을 올려다보며 미소를 짓고 있는 여왕 에리.

그런 에리 옆에 가릴이 앉아 있었다.

반비르 주니어의 저택 옥상 위.

그곳에 에리와 가릴은 나란히 앉아 있었다.

"이렇게 에리 씨랑 같이 밤하늘을 볼 수 있어서, 정말로 기뻐요."

시원스러운 미소를 짓는 가릴.

그 미소를 옆에서 바라보는 에리.

"그건 그렇고 오늘 저녁 때 말인데, 다 같이 바비큐를 한 건 처음이었으니까 무척 즐거웠어요."

"그런가요? 우리 집에서는 자주 하거든요."

"그러고 보니 그런 이야기도 들었죠."

'……가릴 군과는 훌리오 님이 만들어 주신 통신 마석을 통해서 자주 이야기를 나누었지만, 직접 만나서 이야기를 나누니 무척 기쁘네요……'

그런 식으로 가릴과 에리는 한동안 정처 없는 대화를 나누었다.

문득 대화가 끊어졌을 때, 에리는 작게 헛기침을 하고는 다시 가릴에게 시선을 향했다.

"……저기, 가릴 군."

"예, 왜 그러세요?"

"가릴 군은, 이제 곧 호우타우 마법 학교를 졸업하는 거죠? ……그 후에는 어떻게 하실 생각인가요?"

"그 후에, 말인가요?"

그러더니 가릴은 에리에게 시선을 향했다.

"그야 당연한 거 아닌가요. 저는 클라이로드 기사단 학원에 다닐 생각이에요. 에리 씨를 지키기 위해서."

가릴의 말에 에리는 뺨을 붉혔다.

'처음 만났을 때…… 가릴 군은 기운 넘치는 남자아이였어요. 그런 가릴 군은 그 무렵부터 날 지켜 주고 싶다며 말해 줘서……'

다시금 가릴을 바라보는 에리.

마족이기에 성장이 빠른 가릴은 에리 옆에 앉아 있어도 손색이 없는 청년으로 성장했다.

'……지금의 가릴 군은 분위기도 차분하고 말투도 어른스러워 졌고…….'

가릴의 얼굴을 바라보던 에리는 퍼뜩 깨달았다.

'……아, 하지만…… 그런 가릴 군인걸……. 또래 여자애 쪽이 어울리지 않을까…… 오늘도 동급생인 사리나 씨랑 아이리스테일 씨, 스노우 리틀 씨가 가릴 군이랑 같이 있었으니까……. 나는…… 그렇게 예쁜 것도 아니고, 국정만 우선시한 탓에 데이트도 한 적 이 없으니까요……. 가릴 군은 같이 있더라도 즐겁진 않겠지…….'

에리는 자기 일이라면 금세 네거티브해져 버리는 나쁜 버릇이 있었다.

다만…… 30대 직전이면서도 남성과 교제한 적이 한 번도 없는 에리인 만큼 그것도 어쩔 수 없다고도 할 수 있는 일이었다.

"저기…… 가릴 군…… 가릴 군은 그…… 역시 또래 여자애와 만나는 게……."

목이 메면서도 필사적으로 말을 잇는 에리.

그 말을 듣고 있던 가릴은 에리의 어깨에 손을 얹었다.

"사리나랑 아이리스테일, 그리고 스노우 리틀도 소중한 친구지 만, 나는 에리 씨가 좋아. 처음 만났을 때부터 계속……."

그러더니 에리의 얼굴에 살며시 자신의 얼굴을 가져다 댔다.

"예? ……저, 저기…… 가, 가릴 군?"

점점 커지는 가릴의 얼굴을 앞에 두고 에리는 더더욱 얼굴을 붉 히며 목소리가 뒤집혔다.

눈앞의 가릴 역시도 뺨을 붉히고 있었다.

"……그게, 에리 씨가 싫다면 그만할 건데…… 키스하면, 안 될까요?"

"예? ……저, 저기…… 어? 예?!"

가릴의 말에 에리는 눈을 동그랗게 뜨며 패닉에 빠졌다.

그런 에리를 앞에 두고 가릴은 그녀에게서 얼굴을 뗐다.

"아하하…… 미안해요. 갑자기 이상한 소리를 해버려서…….."

수줍은 듯 뒤통수를 긁적이며 가릴은 수줍게 웃었다.

에리는 그런 가릴을 바라보며 완전히 정지한 상태였다.

"예? ……저, 저기…… 어? 어라……?"

'……가, 가릴 군이 용기를 내줬는데…… 그대로 밀어붙여도 됐을 텐데……. 거, 거기서 포기해 버리다니…… 어, 아, 아니…… 그건 내가 너무나도 패닉에 빠졌으니까…… 으음, 어, 어째서 이럴 때에, 이런 행동밖에 못 하는 걸까, 나는…….'

에리는 크게 한번 심호흡했다.

얼굴을 새빨갛게 물들인 채, 가릴의 얼굴을 양손으로 붙잡는 에리.

"어?"

갑작스러운 에리의 행동에 가릴이 곤혹스럽다는 표정을 지었다.

그런 가릴을 향해 이번에는 에리가 얼굴을 가져다 댔다.

달빛 아래, 에리의 입술이 가릴의 입술과 겹쳐졌다.

눈을 꼭 감으면서도 에리는 입술을 계속 겹쳤다.

처음에는 당황하던 가릴도 눈을 감고 에리를 다정하게 끌어안았다.

두 사람은 한동안 입술을 겹쳤다.


◇다음 날 칼고시 해안◇

반비르 주니어의 저택에서 아침식사를 마친 훌리오 일행은 아침부터 칼고시 해안으로 나왔다.

"정말이지! 가릴 님도 참, 어젯밤에는 어디에 갔었냐링? 우리, 엄청 찾았다링."

비키니차림의 사리나가 팔짱을 끼며 가릴에게 말을 건넸다.

그 수영복은 은근슬쩍 어제보다도 노출도가 늘어나 있었다.

"미안미안, 용건이 좀 있어서……."

미소를 지으며 가릴은 머리를 숙였다.

그러나 얼굴은 붉게 물들어 있어서 명백하게 평소와는 분위기가 달랐지만,

"뭐, 용건이 있었다면 어쩔 수 없네링. 그 대신에 오늘은 어젯밤 몫까지 같이 놀아 줘링!"

"치사하다 인마! 아이리스테일도 같이 놀고 싶다잖냐 인마!"

그 뒤쪽에서 여전히 인형 입을 뻐끔거리며 복화술로 말을 꺼내는 아이리스테일.

"저기, 저도 같이 하고 싶어요."

그 뒤쪽에서 스노우 리틀도 몸을 내밀었다.

그런 일동을 둘러보며 가릴은 미소를 지었다.

"응, 알았어. 그럼 다 같이 놀자."

그러더니 해변에 앉아 있던 에리의 손을 잡았다.

"자, 에리 씨도 같이 가자."

"예? 저, 저기…… 저, 저는…… 그게……."

에리는 뒤집힌 목소리로 허둥댔다.

그런 에리의 뇌리에 어젯밤의 일이 다시 떠올랐다.

입가에는 어젯밤의 감촉이 생생하게 되살아났다.

'……어젯밤, 가릴 군은 날 위해서 용기를 내준 거야…….'

오른손을 꽉 쥐더니 에리는 얼굴을 들었다.

"바, 방해가 안 된다면, 저도 함께하게 해주세요."

그러더니 에리는 가릴의 손길에 이끌려 바다를 향해 걸어갔다.

얼굴은 새빨갛고 목소리도 뒤집혀 있었지만 그녀는 만면의 미소를 짓고 있었다.


훌리오는 그런 가릴과 에리를 조금 떨어진 곳에서 바라보고 있었다.

해변에 설치한 파라솔의 그늘 아래.

훌리오는 돗자리에 앉아 있었다.

'가릴이랑 여왕님…… 이대로 관계가 진행된다면 좋겠는데…….'

그런 생각을 하며 평소의 시원스러운 미소를 짓는 훌리오.

그런 훌리오 옆에 히야가 모습을 드러냈다.

"그렇군요……. 가릴 님도 지고하신 주인님의 자제분이시니까, 조금 더 강하게 밀어 붙이셨으면 좋겠습니다만……, 입맞춤만으로 끝나다니 의외입니다."

히야는 팔짱을 끼며 크게 한숨을 내쉬었다.

"저기 히야…… 혹시 어젯밤, 가릴이랑 에리 씨를……."

"예, 지켜보았습니다만 뭔가 문제가 있었을까요?"

아무렇지도 않게 말하는 히야.

그 말에 훌리오는 무심코 고개를 내저었다.

'……그러네…… 집 안에서 엿보는 건 금지라고 했지만 여긴 집이 아니고, 여왕님한테 무슨 일이 생겼다가는 클라이로드 마법국의 문제가 되어버릴 테니까……. 그렇게 생각하면 이번 히야의 행동은 그저 나쁘다고 단언할 수가 없다고 해야 하나…….'

머릿속으로 이런저런 생각을 한 훌리오는 그저 한마디 당부를 하는 것이 고작이었다.

"……일단 어젯밤에 본 건, 누구한테도 말하지 말아 주겠어?"

"그것이 지고하신 주인님의 뜻이라면 저 히야, 그 뜻에 따르겠습니다."

히야는 그렇게 말하더니 가슴에 오른손을 대며 공손히 인사했다.

그곳으로 리스가 달려왔다.

"서방님, 히야랑 무슨 이야기를 하셨나요?"

"어, 아, 아니, 대단한 건 아냐. 이미 끝났고."

"그런가요. 그럼 같이 수영하지 않을래요?"

흰색을 바탕으로 한 비키니차림인 리스는 풍만한 가슴과 잘록한 허리에 더해 아름다운 얼굴로 해안에서도 특히나 눈에 띄어서, 남성만이 아니라 여성의 시선까지 마구 모으고 있었다.

그런 리스에게 훌리오는 평소와 다름없이 시원스러운 미소를 짓고는 일어나서 리스 곁으로 다가갔다.

"그러네, 그럼 가볼까."

그때 문득 시선을 바다 쪽으로 향했다.

"서방님? 왜 그러세요?"

그런 훌리오에게 리스는 의아하다는 표정을 지었다.

"대단한 건 아니지만…… 조금 신경 쓰이는 게…… 어라?"

훌리오가 거기까지 말하더니 눈 위로 손을 대며 바다로 시선을 향했다.

"왜, 왜 그러세요, 서방님?"

리스 역시도 훌리오가 바라보는 쪽으로 시선을 향했다.

미간에 주름을 지으며 시선을 집중하는 리스.

그 곁으로 고자르가 다가왔다.

"훌리오 경, 알아차렸나?"

그렇게 말하는 고자르의 오른손에는 갓 낚아 올렸는지 길이가 3미터는 될 것 같은 거대한 물고기가 들려 있었다.

"뭐, 대단한 건 아니라고 생각하지만…… 어라?"

바다로 시선을 향한 훌리오는 그 바다 위에서 무언가를 발견했는지, 미간에 주름을 지으며 시선을 집중했다.


◇같은 시각 칼고시 해안 근해◇

훌리오 일행이 바라보는 칼고시 해안 근해.

"엄청 짜증나! 엄청 짜증나!"

검은색 전신 타이츠를 입은 소녀가 노기를 머금은 목소리를 계속 내지르고 있었다.

그 소녀는 거대한 뱀 마수의 머리 위에 서서 팔짱을 끼고 있었다.

칼고시 해안을 향해 엄청난 기세로 바다 위를 나아가는 뱀 마수.

그 뱀 뒤에는 비슷하게 커다란 마수들이 따르고 있었다.

"옛날에 친했던 마호 자매의 부탁이니까 어쩔 수 없이 출격했는데. 뭐냐고, 반비르 주니어한테 잡혀 있는 재앙 마수를 회수하러 갈 거니까 칼고시 해안에서 설쳐서 그들의 주의를 끌라니. 나랑 마수들을 미끼로 쓰겠다는 거냐고, 진짜 엄청 짜증나! 파도를 조종하는 마수술사 우나 님을 얕잡아 보는 거나 마찬가지잖아."

전신 타이츠 소녀──우나는 노성을 내지르며 뒤쪽으로 시선을 향했다.

"어쨌든 말이야, 내 마수 하인들, 칼고시 해안에서 있는 힘껏 날뛰어서 마호 자매들에게 내 힘을 보여주는 거야! 알겠지!"

그러더니 우나는 하늘을 향해 오른팔을 내질렀다.

그에 호응하듯이 마수들이 일제히 울음소리를 높였다.

"⋯⋯어엉?"

칼고시 해안을 바라보던 우나는 미간에 주름을 지으며 바다 위를 응시했다.

그 시선 끝에는 보트 한 척이 떠 있었다.

우나가 시선을 집중하자 그 보트에 타고 있는 인물이 천천히 일어서는 게 보였다.

"⋯⋯저 녀석은 뭐야? 어린앤가?"

우나의 말대로 배에 타고 있는 것은 여자아이였다.

보트 안에서 마수들이 접근하는 것을 깨달은 엘리나자는, 당황한 말투로 리루나자에게 말을 건넸다.

"자, 잠깐만 리루나자, 앉아! 바로 마법으로 돌려보낼 테니까!"

이날, '엘리나자 언니, 저, 바다로 나가보고 싶어요!' 하고 말한 리루나자를 위해서 보트를 빌려온 엘리나자가, 둘이서 바다로 나온 것이었다.

그러나 엘리나자의 걱정과 달리 보트 안에서 일어선 리루나자는, 만면의 미소를 지으며 바다에서 들이닥치는 마수들을 바라보고 있었다.

"와아…… 동물들이 잔뜩 있어요."

"잠깐만, 리루나자?!"

"괜찮아요, 엘리나자 언니. 저 동물들은 다들 착한 아이니까요."

당황한 엘리나자 앞에서 어딘가 느긋한 모습으로 미소를 짓고 있는 리루나자는 다시금 마수들에게 시선을 향했다.

그런 리루나자의 모습을 깨달은 우나는, 해안을 향해 오른팔을 내밀었다.

"정말이지, 내가 조종하는 마수들이 가는 길에 있다니 운이 없는 아이구나. 다들, 상관없으니까 이대로 돌진하는 거야!"

그런 우나의 진로 앞에서 여전히 미소를 짓고 있던 리루나자 는, 마수들을 향해 오른손을 뻗었다.

"다들, 기다려!"

미소로 그렇게 말하는 리루나자.

다음 순간…….

마수들은 그 자리에서 급정지해 버렸다.

"허? 어어?!"

우나의 뜻과는 관계없이 정지한 마수들.

그래서 뱀 마수의 머리 위에 서 있던 루나는 급정지의 반동으 로 있는 힘껏 앞으로 내던져졌다.

"뭐, 뭐가 어떻게 된 거야?!"

우나를 해안을 향해 하늘을 날아가면서도 곤혹스럽다는 목소 리를 높였다.

우나가 사라진 가운데, 마수들은 리루나자 앞으로 천천히 모 였다.

"다들 착한 아이구나, 잘했어요."

마수들에게 미소를 보내는 리루나자.

그런 리루나자에게 마수들은 마치 응석을 부리듯이 머리를 가 져다 댔다.

리루나자는 그런 마수들의 머리를 다정하게 쓰다듬었다.

"그렇죠, 엘리나자 언니. 다들 착한 아이였죠?"

마수들의 머리를 쓰다듬으며 미소를 짓는 리루나자.

엘리나자는 그런 리루나자를 쓴웃음 지으며 바라봤다.

'……내 생각이지만, 아까 날아간 여자가 이 마수들을 사역하고 있었을 것 같은데……. 리루나자 쪽이 마수술사로서의 능력이 높았던 탓에, 마수들은 리루나자의 명령을 듣고 만 게 아닐까…….'

마수들의 응석을 받아 주는 리루나자의 모습을 바라보며 엘리나자는 어이가 없다는 표정을 짓고 말았다.

"……내 동생이지만, 좀 지나치게 굉장한 거 아닐까?"

무심코 그런 말을 입에 담는 것이었다.

◇ ◇ ◇

리루나자가 보트 위에서 마수들의 머리를 쓰다듬고 있었다.

그 상공에 와인과 타니아의 모습이 있었다.

등에 용의 날개를 구현화시킨 와인과 등에 사도의 날개를 구현화시킨 타니아는, 함께 날개를 퍼덕이며 체공 중이었다.

"있잖아, 타니타니? 리루리루 도우러 안 가도 되겠어? 되겠어?"

"몇 번씩이나 말씀드렸지만, 저는 타니타니가 아니라 타니아입니다……. 그리고 구원은 필요 없을 것 같군요."

"그런가, 콰과─앙! 하고 날뛰지는 못했지만, 리루리루랑 에리에리가 무사하다면 그걸로 됐어, 됐어."

와인은 뒤통수에 양손을 깍지 끼며 만면의 미소를 지었다.

"그러네요…… 훌리오 가 여러분께서 무사하시다면 그 이상 바랄 건 없으니."

와인을 향해 인사하는 타니아.

그 뒤쪽에는 다말리나세와 마호리온의 모습도 있었다.

다들 마수의 접근을 깨닫고 엘리나자와 리루나자를 구하기 위해 달려온 것이었다.


◇칼고시 해안 해변◇

"푸하아?!"

해변에 머리부터 처박혀 있던 우나는 간신히 일어섰다.

"정말이지, 뭐가 어떻게 된 거야! 엄청 짜증나!"

거친 목소리와 함께 우나는 퉷퉷, 입 안으로 들어온 모래를 내뱉었다.

"저기 너. 진정이 됐다면 이야기를 좀 들어 봐도 될까?"

"어? 무슨 태평한 소릴 하는 거야?! 박살 내 버린다고 인마…… 아니…… 어?"

뒤에서 들린 목소리에 노성으로 답하며 돌아본 우나는, 서서히 말을 잃었다.

동시에 얼굴이 서서히 파래졌다.

그런 루나 뒤에는 조금 전 그녀에게 말을 건 훌리오를 필두로.

아랑족의 이빨과 꼬리를 구현화시킨 리스.

주먹을 우둑우둑 꺾고 있는 고자르.

양손에 마법진을 전개한 히야.

검을 든 발리로사.

(드래곤을 토벌한) 괭이를 든 블로섬.

뜨거운 물이 든 주전자를 손에 든 차룬.

그런 식으로, 리루나자를 구출하러 간 멤버를 제외한 홀리오가 전원이 집합해 있었다.

'……이, 이 녀석들은 뭐야…… 좀 과하게 규격 밖이잖아…… 이런 터무니없는 녀석들이 있다니, 못 들었다고…….'

너무나도 강한 마력의 압력을 앞에 둔 우나는, 부들부들 떨면서 모래 위에 주저앉았다.

홀리오는 그런 우나에게 미소를 지으며 또다시 말을 건넸다.

"못 들었니? 진정이 됐다면, 이야기를 좀 들어 봐도 될까?"

다만 미소를 짓고는 있지만, 그 눈은 전혀 웃고 있지 않았다.


◇같은 시각 반비르 주니어의 저택 뒤편◇

반비르 주니어의 저택 뒤편에 펼쳐진 초원 가운데, 암왕과 마호 자매 일행의 모습이 있었다.

"……이봐, 금각 여우…… 네 친구인 우나라는 녀석은 대체 언제쯤에야 설치는 거냐? 그 소동을 틈타서 반비르 주니어의 저택에 들어가서 재앙 마수를 회수한다는 작전이었는데, 이래서야 실행이 불가능하지 않으냐……."

"이, 이상하다캥…… 예정으로는 이미 진즉에 소동이 벌어졌어도 이상하지 않은데캥……."

암왕 옆에서 이마에 식은땀을 흘리고 있는 금각 여우.

그 옆에서 은각 여우도 얼굴에 초조한 기색을 짙게 드리우고 있었다.

그들 뒤쪽에는 암상회의 점원들이 암왕과 함께 저택으로 돌격하기 위해 대기 중이었다.

하지만 아무리 시간이 흘러도 해안에서 소동이 벌어지지 않았기에, 일동은 수풀에 몸을 숨긴 상태에서 움직이지 못하고 있었다.


◇칼고시 해안◇

"……이, 이번에는…… 저, 정말로 죄송합니다."

해변에 엎드려서 비는 우나.

그 자리에서 몇 번이고 계속해서 머리를 숙였다.

그런 우나의 시선 앞, 물가에는 조금 전 리루나자가 길들인 마수들이 모여 있었다.

그 마수들 앞에 리루나자가 서 있었다.

"저기…… 이 마수들은 다들 정말 착한 아이들뿐이에요. 그런 마수들한테 날뛰라고 명령하다니, 앞으로는 절대로 그러지 마세요."

"아, 알겠어요! 그 약속, 꼭 지킬게요!"

리루나자의 말에 우나는 몇 번이고 머리를 숙였다.


훌리오 일행에게 신병이 구속된 우나는 그 후, 제대로 한바탕 잔소리를 듣고서야 바다로 돌아가는 것을 허락받았다.

훌리오 일행을 앞에 두고서 죽음을 각오한 우나는 잔소리만으로 그친 것은 물론 마수들까지 데리고 돌아갈 수 있었기에, 완전히 독기가 빠져서 진심에서 우러나오는 사죄를 거듭할 뿐이었다.

여전히 리루나자를 향해 계속 엎드려서 비는 우나.
리루나자 옆에 서서 그 모습을 바라보던 훌리오는 오른손을 우나의 어깨에 얹었다.
"알겠죠? 그런 장난은 두 번 다시 치지 말아요."
"아, 알겠어요! 그 약속, 꼭 지킬게요!"
이번에는 훌리오를 향해 머리를 숙였다.

두 사람의 대화를 뒤에서 바라보던 반비르 주니어는 메마른 미소를 짓고 있었다.
'……이, 이 마수들의 총공세를 장난이라고 말해 버리는 훌리오 님은……. 게다가 그 마수들을 혼자서 간단히 막아 버린 리루나자 씨도…….'
물가에 모여 있는 마수들을 바라보며 반비르 주니어는 굳은 미소를 지었다.

물가에 모여 있는 마수들은 한 마리만으로도 상당한 파괴력을 지니고 있어서, 전원이 일제히 날뛴다면 칼고시 해안에서 큰일이 벌어졌음은 불을 보듯 뻔했다.
'……그런 마수들의 총공격을 장난이라고 일축해 버렸어…….'
반비르 주니어는 메마른 미소를 지으며 그들의 모습을 계속 바라봤다.

그런 일동 뒤쪽에는 여왕의 모습도 있었다.

신분을 숨기기 위해서 안경을 쓰고 밀짚모자를 깊이 눌러쓴 여왕은, 우나와 대화를 나누는 훌리오의 모습을 계속 바라봤다.

"……훌리오 님도 그렇지만, 리루나자 씨도 굉장하네요……."

그런 말을 입에 담은 여왕.

"예, 리루나자는 정말로 굉장하다고요."

여왕을 지키듯이 옆에 붙어 있는 가릴은, 여왕의 말에 미소를 지으며 대답했다.

여왕은 다시 가릴에게 시선을 향했다.

조금 전, 마수가 공격하는 것을 깨달은 가릴은, '에리 씨, 안전한 장소까지 데려갈게' 하고 말하더니 수영복차림인 여왕을 공주님 안기 요령으로 안아 들고 그대로 달린 것이었다.

동시에 다른 아이들에게도 따라오라는 지시를 내렸지만…….

'……공주님 안기…… 받아 버렸어…… 이렇게 많은 사람들 앞에서…….'

조금 전의 일을 떠올린 여왕의 얼굴이 순식간에 귀까지 새빨개졌다.

여왕은 그만 고개를 숙여 버렸다.

"어라? 에리 씨, 왜 그래? 몸이 안 좋아?"

걱정하는 표정을 지으며 가릴은 여왕의 등을 문질렀다.

"저, 저기…… 괘, 괜찮으니까요……."

'아…… 지금 가릴 군, 내 등을 문질러 준 거야? 어? 어?'

그 사실을 의식한 여왕은 얼굴을 더욱 붉히며 고개를 숙였다.


◇그날 저녁 정기 마도선 안◇

칼고시 해안의 탑승 타워에서 정기 마도선에 탑승한 훌리오 일행.

"다들 수고했어요."

스베어, 세베어, 소베어를 안고 있는 리루나자는 미소로 창가 자리에 앉았다.

그녀의 발밑으로 사베어와 시베어가 달려왔다.

두 마리의 머리를 쓰다듬으며 창밖을 바라보는 리루나자.

그 시선 앞, 해안선에는 우나와 열 마리 마수들의 모습이 있었다.

그들은 리루나자와의 작별을 아쉬워하듯이 정기 마도선을 계속 바라보고 있었다.

"다들, 또 올 테니까 그때는 또 같이 놀아요."

리루나자는 미소를 지으며 창밖을 향해 손을 흔들었다.

그런 리루나자를 엘리나자가 뒤에서 바라봤다.

"정말이지, 리루나자도 참. 사베어 가족만이 아니라 마수들까지도 따르는구나."

"아니에요, 엘리나자 언니. 다들 저랑 사이좋게 대해 주는 거예요."

엘리나자의 말에 리루나자는 수줍은 듯 미소를 지었다.

그런 리루나자에게 사베어 일가 멤버들이 기쁜 듯 뺨을 비볐다.


정기 마도선 밖에서는 와인이 날고 있었다.

"아하하, 즐거워! 즐거워!"

등에 드래곤 날개를 구현화시킨 와인은, 만면의 미소를 지으며 정기 마도선 주위를 선회했다.

그리고 그 뒤를 로프론스가 따르고 있었다.

"와, 와인, 빨리 마도선에 안 타면 출발해 버린다샤."

"괜찮아, 괜찮아! 그때는 마도선이랑 같이 날아서 돌아갈게! 날아서 돌아갈게!"

그러면서 와인은 로프론스 근처로 날아갔다.

"있지? 로프로프도 같이 가자? 가자?"

그러면서 로프론스의 손을 붙잡았다.

그대로 와인은 기세 좋게 정기 마도선 주위를 날았다.

"자, 잠깐만 와인…… 그런 말을 해도 곤란하다샤?!"

로프론스는 곤혹스럽다는 목소리를 높이며 귀까지 새빨개졌다.

그런 로프론스를 와인은 즐겁게 계속 휘둘렀다.


정기 마도선 밖을 날아다니는 와인의 모습을 타니아는 가만히 바라보고 있었다.

("……오늘은 입고 계시는군요…….")

그런 말을 중얼거리며 타니아는 만족스럽게 끄덕였다.

그 뒤쪽으로 한 여자가 모습을 드러냈다.

등에 사역마의 날개를 구현화시킨 그 여자는 타니아 옆으로 다가갔다.

"여, 타니아라이나. 오랜만이네."

"……실례입니다만, 누구십니까?"

"네 예전 동료였던 조피나잖나…… 아직도 기억을 못 하는 건가? 아니면 잊어버린 척을 하는 건가?"

쓴웃음을 지으며 타니아에게 말을 건네는 신계의 사도——조피나.

일찍이 여신에게 명령을 받고 훌리오 가를 찾은 타니아는 와인과 격돌하는 바람에 기억 일부를 잃고, 그때 보살펴 준 훌리오 밑에서 메이드 타니아로 살아가기로 선택한 것이었다.

"……그래서 그런 신계의 사도 조피나 님이, 훌리오 님의 메이드인 제게 무슨 용건이실까요?"

타니아의 말에 조피나는 조금 서글픈 미소를 지었다.

'……어떻게든 타니아라이나로서 대화를 나눌 수는 없을까…….'

"아니, 대단한 용건은 아니지만…… 최근에는 피의 맹약을 깨는 녀석이 많아서, 단죄를 집행할 사도가 부족해서 곤란하거든. 전날에도 콜렉터블이라는 마족에게 단죄를 집행하러 갔는데, 최근 일주일 사이에 이게 여덟 번째. 네가 피의 맹약의 집행 관리인으로 복귀해 준다면 내 부담도 줄어들어서 무척 도움이 되겠다만……."

"그렇습니까. 하지만 저는 그 피의 맹약의 집행 관리인이라는 걸 알지 못하오니."

타니아는 조피나를 향해 치맛자락을 들어 올리며 공손히 인사했다.

"그렇습니까…… 기억이 없다면 어쩔 수 없군요."

조피나는 그렇게 말하더니 사도의 날개를 퍼덕이며 하늘로 날아갔다.

그리고 손을 한번 휘두르자 그녀의 모습은 사라졌다.

타니아는 조피나가 사라진 곳을 바라보며 또다시 인사했다.


훌리오는 선내를 둘러보며 시원스러운 미소를 지었다.

"서방님, 이번 여행은 즐거웠죠."

그런 훌리오 곁으로 리스가 미소와 함께 달려왔다.

"그러네, 바비큐랑 해수욕도 즐거웠지……. 트러블이 좀 있기는 했지만."

쓴웃음 지으며 윈도를 여는 훌리오.

윈도 안에는 재앙 마수의 모습이 표시되어 있었다.

"서방님, 집으로 돌아가면 이 마수를 어떻게 하실 건가요?"

"그러네……. 이 마수의 고기에 다양한 효능이 있다는 걸 알았으니까, 우선은 그 고기를 사용한 약제 생성 실험을 하고, 그 다음에는 체내에 있는 마석을 사용해서 정기 마도선 파워 업을……."

윈도를 가리키며 훌리오는 즐겁게 설명했다.

그런 훌리오의 설명을 리스는 흥미 깊게 듣고 있었다.

"……미안해. 조금 빠져들어서 이야기해 버렸는데, 이런 이야기, 지루하겠네."

"그렇지 않아요. 서방님의 이야기를 듣는 것도 무척 즐거워요."

훌리오의 말에 리스는 만면의 미소로 답했다.

그런 리스의 미소를 훌리오는 평소의 시원스러운 미소를 지으며 바라봤다.


이윽고 정기 마도선이 탑승 타워에서 벗어나서 구름 위를 향해 상승하기 시작했다.

훌리오 일행을 태운 정기 마도선은 순식간에 구름 저편으로 사라졌다.


◇그날 밤 클라이로스 성 여왕의 개인실◇

"뭐?!"

제2왕녀는 어안이 벙벙하다는 표정을 짓고 있었다.

"저, 저기…… 나 뭔가 이상한 소리를 했을까요?"

그런 제2왕녀 앞에서 여왕은 곤혹스럽다는 표정을 지으며 그녀에게 말을 건넸다.

여왕 앞에서 제2왕녀는 풀썩 어깨를 떨어뜨렸다.

"있잖아…… 키스까지 했으면서 그 이상 아무것도 안 했다니, 진짜 뭐야?"

"아, 아무것도 안 했다니…… 가, 가릴 군은 신사니까요……."

"신사고 뭐고…… 차려놓은 밥상도 이렇게나 못 먹을 수가 있나."

"차, 차려 놓은 밥상이라니…… 루소크도 참, 무슨 소릴 하는 거야?!"

제2왕녀 루소크의 말에 여왕을 얼굴을 새빨갛게 물들였다.

그 말에 루소크는 크게 한숨을 내쉬었다.

"……안 돼…… 이대로는 여왕 언니는 평생 결혼 못 해…… 평생 플라토닉이야…….."

"펴, 평생 플라토닉이라니…… 정말 무슨 말을 하는 거야……. 게다가 나도 이것저것 생각하고 있으니까요! 이번에도 가릴 군의 부모님이랑 이것저것 이야기를 해서, 거리를……."

"아~…… 정말이지, 답답하기 짝이 없네!"

그러더니 여왕의 어깨를 덥석 붙잡았다.

"……이제는 내가 발 벗고 나설 수밖에 없겠네, 응."

그러면서 사나운 미소를 짓는 루소크.

"바, 발 벗고 나서겠다니…… 대체 무슨 생각이야……."

루소크의 꺼림칙한 미소를 앞에 두고 등줄기가 서늘해지는 것을 느끼는 여왕이었다.

◇호우타우 훌리오 가◇

"다녀왔어!"

아침 일찍 훌리오 가 문을 열고 가릴이 기운찬 목소리를 높였다.

"아! 가릴 오빠! 어서 와요!"

그곳으로 리루나자가 미소로 달려왔다.

그 뒤에서 혼 래빗 모습의 사베어와 그의 아내인 시베어도 달려왔다.

그리고 그 뒤에서 두 마리의 새끼들인 스베어, 세베어, 소베어도 따라서 달려왔다.

"다들 마중 나와 줘서 고마워."

가릴이 미소로 감사를 건네자 다섯 마리는 두 발로 서서, 그 자리에서 '흐흥! 흐흥!' 하고 득의양양한 울음소리를 높였다.

"가릴 오빠, 엘리나자 언니는?"

"오늘은 훌리스 잡화점에 들렀다가 온대."

"아, 그렇군요."

그런 대화를 나누며 가릴은 거실로 들어갔다.

"어서 와, 가릴."

"다녀왔어, 아버지."

훌리오에게 인사로 답하는 가릴.

그런 가릴 앞, 훌리오 뒤쪽에서 한 여성이 모습을 드러냈다.

"······어?"

그 여성의 모습을 본 가릴은 저도 모르게 눈을 동그랗게 떴다.

"저, 저기······ 어, 어서 오세요, 가릴 군."

가릴 앞에 모습을 드러낸 것은 바로 여왕이었다.

"에, 에리 씨? 어, 어떻게 우리 집에 있어?"

가릴의 얼굴에 곤혹과 기쁨이 뒤섞인 표정이 드리웠다.

그런 가릴 앞에서 여왕은 부끄러운 듯 뺨을 붉히며 고개를 숙였다.

"여왕님이 말이지, 국민의 생활을 보다 더 깊이 이해하기 위해서 휴일에만 공동생활을 하게 해줄 일반 가정을 찾고 계셨는데, 우리 집에서 그 생활을 보낼 수는 없을까 상담을 하셨거든. 일단 우선은 시험 삼아서 시작하기로 했는데, 가릴은 어떻게 생각해?"

말을 꺼내지 못하는 여왕을 대신해서 홀리오가 평소의 시원스러운 미소를 지으며 가릴에게 설명했다.

'······고, 공동생활을 기획한 건 루소크지만······.'

홀리오의 설명을 들으며 내심 그런 생각을 하던 여왕이었다.


칼고시 해안에서 여왕과 가릴 사이에 진전이 없었다는 사실에 위기감이 심해진 루소크.

'이제는 여왕 언니랑 가릴 군이 한 지붕 아래에서 공동생활을 할 수밖에 없어.'

그 계획을 실행하기 위해서 그럴듯한 이유를 떠올려 홀리오에게 상담을 청한 것이었다.

"저, 저기…… 공동생활을 보낼 때에는, 저는 여왕이 아니라 한 사람의 여성인 에리로서 대해 주시면 좋겠어요……."

변장을 할 생각인지 공갈 안경을 쓴 여왕은 가릴을 올려다봤다.

그런 여왕의 시선에 가릴은 기뻐하는 미소를 지었다.

"물론 대환영이야! 거절할 이유가 하나도 없잖아."

만면의 미소를 지으며 여왕 곁으로 달려가더니 가릴은 그녀의 몸을 안아 들었다.

"어? 저, 저기…… 가, 가릴 군?!"

이번에는 여왕이 당황과 기쁨이 뒤섞인 표정을 지었다.

그런 여왕을 가릴은 미소로 계속 안아 들고 있었다.

"에리 씨, 즐거워 보이는 참에 미안하지만, 여길 좀 도와줄 수 있겠어요?"

부엌에서 얼굴을 내민 리스가 미소로 여왕에게 말을 건넸다.

"엇, 아, 예! 지, 지금 갈게요!"

바닥에 내려선 여왕은 허둥대며 부엌을 향해 달려갔다.

"일단 오늘은 채소 껍질을 벗겨 주세요."

"아, 예, 알겠어요…… 아니…… 저, 저기, 이걸 전부요?"

"예, 우리 집은 대가족인 데다가 잔뜩 먹는 사람이 많으니까요. 잘 부탁할게요."

"아, 예! 열심히 할게요!"

등줄기를 쫙 펴며 여왕이 대답을 했다.

식칼을 손에 들더니 리스에게 받은 감자가 담긴 바구니에서 감자를 꺼냈다.

감자 껍질을 진지한 표정으로 벗기는 여왕.

손놀림은 아무래도 불안하지만 여왕은 열심히 작업을 했다.

그런 여왕의 모습을 훌리오와 가릴은 부엌 입구에서 미소로 바라보고 있었다.

"에리 씨도 이래저래 애쓰는 것 같네."

"그러네…… 나도 에리 씨한테 지지 않도록, 클라이로드 기사단 학원에 입학할 수 있도록 노력해야겠지."

그러더니 현관을 향해 달려가는 가릴.

"아버지, 저녁 먹기 전까지 마법을 가르쳐 주지 않을래? 비행 계열 마법이 아직 서툴러서 곤란하거든."

"알았어, 가릴. 그럼 마당으로 나갈까."

미소인 가릴에게 평소의 시원스러운 미소로 답하는 훌리오.

'……가릴도 어느샌가 성장했구나…….'

그 사실을 곱씹으며 훌리오는 가릴을 따라서 현관 밖으로 나갔다.


가릴과 훌리오의 모습을 저녁 햇살이 비추고 있었다.

그 저녁 햇살 가운데, 저녁이 준비될 때까지 가릴은 훌리오의 지도를 받으며 비행 마법 연습에 전념했다.

이윽고 귀가한 엘리나자나 히야, 다말리나세 같은 멤버들도 그 특훈에 참가했다.

어느샌가 훌리오 가 앞뜰에는 많은 사람들이 모여 있었다.

그것이 언제나 훌리오 가에서 볼 수 있는 광경이었다.

◇어느 깊은 숲속◇

어느 지방의 어느 숲속, 나무들이 둘러싼 한편에 오도카니 자리 잡은 목조 건물 하나가 있었다.

이 오두막…….

전직 마왕군 사천왕 중 하나였던 쌍두조 후기 무기가 인간족으로 변화한 모습으로 살고 있는 곳이다.


그 오두막의 상공을 정기 마도선 한 척이 비행하고 있었다.

"파파! 저거 봐! 커다란 배가 하늘을 날고 있어요!"

남자아이 하나가 기쁜 목소리를 높이며 상공을 가리켰다.

""커다란 배라고?""

그 목소리를 들은 후기 무기가 오두막 안에서 모습을 드러냈다.

본래 모습이 두 개의 머리를 가진 거대한 마조인 후기 무기. 그 탓에 인간족의 모습일 때도 목소리가 이중으로 들린다.

하지만 남자아이는 그것을 딱히 신경 쓰는 기색도 없이 후기 무기의 손을 잡고 정원으로 데려갔다.

""정말이라고, 커다란 배라고.""

"파파, 저 배 굉장하죠! 나도 저 배에 타보고 싶어요!"

""으~음, 저 배 말이냐고…… 이봐~, 카사.""

오두막 안을 향해 목소리를 높이는 후기 무기.

"무슨 일이야? 후. 저녁 준비하느라 바쁜데."

그 목소리에 응하듯이 오두막 창문에서 한 여성이 얼굴을 내비쳤다.

카사라고 불린 이 여성, 일찍이 근처 마을에서 농가를 꾸리던 카사였다.

""있잖아, 저 배는 뭐냐고? 아냐고?""

"아, 저건 아마도 정기 마도선일 거야. 마을에서도 화제로 나왔는데, 듣자하니 호우타우라는 마을에 있는 홀리스 잡화점이라는 곳에서 운영한다나 봐."

""저 배에, 후카가 타고 싶다는데, 어떻게 하면 탈 수 있냐고?""

"글쎄……. 호우타우까지 가면 확실하게 알 수 있겠지만……. 저기, 시노. 넌 몰라?"

정원 안쪽을 향해 말을 건네는 카사.

그러자 등에 갓난아기를 업은, 사제복차림의 여성이 걸어왔다.

시노라고 불린 이 여성은, 카사가 살던 마을에서 사제로 일하던 여성이었다.

"정기 마도선인가요……? 저도 교회에서 소문으로만 들어 본 거라…… 아, 잠깐만요?! 드, 등이 갑자기 뜨듯하게…… 이거, 무노가 오줌을……."

업고 있는 갓난아기를 황급히 내리는 시노.

"어머어머, 역시 싸버렸구나……. 정말이지, 말썽쟁이라니까, 무노는. 하지만 서방님과 닮아서 무척 사랑스러워요."

뺨을 붉히며 갓난아기――무노의 기저귀를 시노는 익숙하게 갈아 주었다.

"다녀왔어요."

그곳으로 짐마차 한 대가 들어왔다.

거대한 마수마가 끄는 짐마차, 그 마부석에 앉아 있던 녀석이 커다란 배를 신경 쓰며 지면으로 내려섰다.

""마트, 이제 곧 출산이니까 교역은 안 가도 된다고 말했다고.""

그 여성――마트에게 후기 무기가 달려갔다.


마트라고 불린 이 여성, 숲속에서 산적의 습격을 당한 참에 후기 무기가 구해준 이후, 이 오두막에 살고 있었다.


"아뇨아뇨, 이렇게 아내로 맞이해 주신걸요. 할 수 있는 만큼 최대한 도움을 드리게 해주세요."

""아내로 맞이한 건 나니까 신경 쓸 것 없다고. 그보다도 마트의 몸이 더 걱정이니까 모쪼록 무리하진 말아 달라고.""

후기 무기의 말에 호응하듯 주위로 모여든 마수들도 일제히 끄덕였다.

"후기 무기 님, 그리고 여러분도 고마워요. 무리하지 않는 범위에서 열심히 할 테니까요. 아, 정기 마도선이 날고 있네요."

하늘을 올려다본 마트가 상공을 비행하는 정기 마도선을 가리켰다.

""그렇다고. 후카가 저 마도선을 타고 싶다는데, 어떻게 하면 탈 수 있는지 마트는 아냐고?""

"아, 그거라면 오늘 교역하면서 들었는데, 마을의 관청에서 티켓을 팔고 있대요. 다만 승선하려면 산 너머의 마을까지 갈 필요가 있다고 하지만요."

""그러냐고. 그럼 다음에 한 번 가보냐고.""

"하지만 후, 산 너머까지 간다면 꽤나 힘들지 않겠어? 마수들이 아무리 다리가 빠르다고 해도 이틀은 걸리지 않을까? 출산이 가까운 마트도 있으니까 그렇게 오래 자리를 비우는 건 어떨까 싶은데."

"카사 씨, 저는 신경 쓰실 것 없어요. 집은 저한테 맡기고 다 같이 다녀오세요."

싱긋 미소를 짓는 마트.

그런 마트 곁으로 후기 무기가 다가갔다.

""모두 가족이라고. 혼자만 두고 가는 건 싫다고.""


후기 무기가 말했다시피…….

아내가 셋까지 허락되는 마족인 후기 무기는 카사, 시노, 마트를 아내로 맞이하여 이 오두막에 살며, 각자에게 아이도 생긴 것이었다.

"후기 무기 님…… 배려는 감사하지만……."

""걱정할 것 없다고, 이렇게 하면 반나절도 안 걸릴 테니까.""

그러더니 크게 몸을 떠는 후기 무기.

그러자 그의 몸이 황금빛으로 빛나고 거대한 쌍두조로 모습을 바꾸었다.

""자, 다들 타라고.""

후기 무기는 날개를 지면에 놓고 자신의 등에 쉽게 탈 수 있도록 몸을 낮추었다.

"고마워, 후! 자, 후카, 파파 등에 타는 거야."

"응, 알았어!"

"자, 마트 씨, 손을 잡아 줄 테니까 조심해서 타세요."

"고마워요, 시노 님."

후기 무기의 등에 차례차례 올라타는 이들.

""다들 탔냐고? 제대로 털을 붙잡으라고.""

"알았어, 후. 후카도 단단히 붙잡아!"

"예, 괜찮아요."

"그럼 실례하고, 털을 잡도록 할게요."

셋의 대답을 확인한 뒤, 후기 무기는 거대한 날개를 퍼덕였다.

""그럼 산 너머까지 단숨에 날아갈 거라고!""

하늘로 떠오른 후기 무기의 거구는 순식간에 정기 마도선보다도 높이 날아올랐다.

"와아, 굉장해 굉장해! 정기 마도선보다도 굉장해, 파파!"

정기 마도선의 상공으로 날아오르는 모습을 보며 후카가 함성을 터뜨렸다.

"“아하하, 아직 더 상승할 수 있다고. 다들, 단단히 붙잡으라고.”"

"응!"

후기 무기의 말에 미소로 끄덕이는 후카.

후기 무기는 더욱 상승해서 순식간에 구름 사이를 지나갔다.

"후카, 정기 마도선보다 파파를 타는 게 더 즐겁지 않니?"

"응! 그러네, 마마!"

카사의 말에 후카는 미소로 끄덕였다.

"무노도 기쁜가 봐요."

시노에게 안겨 있는 갓난아기 무노도 꺄꺄 기쁜 듯 목소리를 높였다.

"저도 빨리 아기랑 같이 이 광경을 보고 싶어요."

카사와 시노를 교대로 바라보며 마트도 미소를 지었다.

그런 일동을 태운 후기 무기는 속도를 올리며 상공을 활주했다.

"……아니, 후?! 너무 갔다고! 벌써 산 세 개는 더 넘어 버렸잖아?!"

"“뭐, 뭐라고?!”"

"카사 씨, 오늘은 이대로 하늘 여행을 즐겨도 되지 않을까요?"

"저도 시노 님의 의견에 찬성이에요."

두 사람의 말에 카사는 자신이 안고 있는 후카에게 시선을 향했다.

"후카도, 그래도 되겠니?"

"응! 정기 마도선도 언젠가 타보고 싶지만, 오늘은 파파랑 같이 날고 싶어!"

기뻐하는 미소를 짓는 후카.

그의 등에는 작은 날개가 있어서 그것을 파닥파닥 움직이고 있었다.

마족인 후기 무기의 피를 진하게 이어받은 후카는, 등에 후기 무기의 날개를 물려받은 것이었다.

"그럼 후, 그러니까 오늘은 잔뜩 날아 주겠어?"

""알았다고! 맡겨두라고.""

울음소리를 한 번 울리고 후기 무기는 더욱 가속했다.

그 모습은 순식간에 아득히 저편으로 사라졌다.


◇같은 시각 정기 마도선 안◇

후기 무기의 오두막 상공을 비행하던 정기 마도선 조타실.

그곳에 마인(魔忍) 그레아니르의 모습이 있었다.


──그레아니르.

전직 마왕군 우리미나스 휘하의 첩보 기관『고요한 귀』의 일원.

마왕군을 벗어난 뒤『고요한 귀』사람들과 함께 훌리스 잡화점에 취직.

운반 업무를 담당하며 각지의 정세를 살피는 역할도 맡고 있었다.


"조금 전의 마수는…… 설마 전 사천왕 후기 무기 님……?"

정기 마도선 옆을 엄청난 속도로 스쳐간 거대한 마조가 날아간 방향을 바라보며 그레아니르는 눈을 동그랗게 떴다.

"……다른 마인들의 보고로는, 사람들의 마을에서 떨어진 산림 안에서 은둔 생활을 보낸다고 들었는데…… 설마 이 부근이었을 줄은 몰랐습니다……."

"뭐, 어쨌든 적의는 없는 모양이니까 신경 쓸 것 없지 않을까?"

그레아니르 곁으로 다가온 남자가 미소로 말을 건넸다.

"다크호스트 님……. 그, 그렇군요……. 저런 속도로 날아가서야 이 마도선으로 따라잡을 수도 없으니, 돌아가면 훌리오 님께 보고를 드리도록 하죠."

"그러네, 그러면 되지 않을까."

그레아니르의 말에 다크호스트는 크게 끄덕였다.

그런 다크호스트의 옆얼굴을 곁눈질로 흘끗 살피는 그레아니르.

"……그, 그런데 다크호스트 님…… 어째서 제가 조타하는 정기 마도선에 타고 계신 겁니까?"

"어째서라니…… 정기 마도선 조타는 훌리오 님의 훈련을 받은 너희 마인족이 맡고, 만에 하나의 사태에 대비해서 호위로 우리 빌레리 목장의 마마 부대가 동승하는 게 아닌가."

"아뇨…… 제가 의문스럽게 느낀 건 그게 아니라, 당초의 예정으로는 동승하는 건 우도크바 님이었을 텐데……."

"어, 그 녀석 몸이 안 좋아져서 말이야. 내가 대신 왔는데…… 뭔가 불편한가?"

"아아아, 아뇨…… 따따따, 딱히 불편한 건 아닙니다…… 오, 오히려, 짐마차 시절부터 빈번하게 함께했으니까 안심이 된다고 할지…….”

‘……그런 겁니다…… 이 마도선을 가동하기 전에는 짐마차로 운반을 했습니다만, 어째선지 다크호스트 님과 페어를 짜는 경우가 많았습니다……. 오히려 다크호스트 님과 함께하지 않았던 적이 적었죠……. 다, 다크호스트 님이 저와 함께하려고 의도적으로 그렇게 조정했다는 건 이전에 우연히 듣고 말았지만…… 서서, 설마 지금도 계속 그러시는 걸까요…….’

그런 생각을 하는 그레아니르.

그 옆에 서 있는 다크호스트 역시도 그레아니르의 옆얼굴을 흘끗흘끗 쳐다봤다.

‘……그레아니르가 마도선 조타 담당이 된 탓에 어떻게 되려나 싶었는데, 호위 임무가 있어서 다행이야……. 그 덕분에 이제까지와 마찬가지로 그레아니르와 함께 임무를 할 수 있으니까 말이야……. 그럴 때마다 식사 권유를 하고는 있다만…… 아무래도 긍정적인 대답을 주질 않는단 말이지……. 이걸 어떻게 할까…….’

팔짱을 끼며 이것저것 생각에 잠겨 있는 다크호스트.

그 옆에서 의도적으로 다크호스트를 의식하지 않으려 하는 그레아니르.

그런 두 사람이 탄 정기 마도선은 산림 상공을 순조롭게 비행하고 있었다.


◇호우타우 마법 학교◇

“……이거, 어떻게 된 걸까…….”

교장실 의자에 앉아 있는 니트는 눈이 점으로 변해 있었다.

전 마왕군 사천왕 중 하나였던 뱀 공주 요르미니트.
마왕군을 그만둔 뒤, 우여곡절을 거쳐서 호우타우 마법 학교의
교직원에서 교장으로 승진한 그녀.

그런 그녀의 눈앞에는 서류가 산더미처럼 쌓여 있었다.
"이건 전부 일입니다."
그런 니트 옆에 서 있던 자마스가 안경을 꾹 밀어 올리며 머리
를 숙였다.

이 자마스 역시도 마왕군 시절 요르미니트의 측근이던 마족이
지만, 니트와 함께 마왕군을 그만둔 뒤에 이곳 호우타우 마법 학
교의 교직원으로 일하고 있었다.

"있잖아, 자마스…… 일이라는 건 아는데…… 이런 양은 이상
하지 않을까……."
"어쩔 수 없습니다. 예의 정기 마도선이 취항하며 통학하기 편
해졌습니다. 그래서 신규 입학 희망자가 급증한 것은 물론, 다른
학교의 교환 유학생 타진이나 자매교 제안 따위가 밀려들고 있습
니다."
"아~……."
자마스의 말에 니트는 질렸다는 표정을 지었다.

"있잖아…… 나는 어디까지나 어쩔 수 없이 이 학교의 교장을 맡고 있을 뿐이거든……. 사실은 이런 일, 하고 싶지 않아……."

"그렇다면 지금부터라도 사임하고 모험가로 전업이라도 하시겠습니까? 니트 님께서 그럴 생각이시라면 저 자마스도 함께하겠습니다."

똑똑.

그때 누군가 교장실 문을 노크했다.

"죄송합니다, 사무원 타쿠라이드입니다만 지금 괜찮을까요?"

"예, 괜찮아요."

"죄송합니다, 실례하죠."

교장실 안으로 작업복차림의 타쿠라이드가 들어왔다.

"죄송한데, 이 서류랑 이 서류를 확인해 주시겠습니까? 그리고 내일, 긴급 직원회의가 있으니까, 이 서류도 확인해 주시고. 그리고 또……."

니트 앞에 잇따라 서류를 건네며 타쿠라이드는 계속 설명했다.

그것을 받아든 니트의 손에는 순식간에 서류의 산더미가 완성되었다.

……1각 후.

"……그럼, 죄송하지만 잘 부탁드려요."

한바탕 자료를 건넨 타쿠라이드는 머리를 숙이며 교장실을 뒤로했다.

뒤에 남겨진 니트는 메마른 미소를 지으며 서류더미를 바라봤다.

"니트 님, 어떻게 하시겠습니까? 그 일을 내팽개치고 도망치겠습니까?"

자마스의 말에 커다란 한숨을 내쉬는 니트.

"그러고 싶은 마음은 굴뚝같지만…… 일단 설명도 들어 버렸고, 회의에도 나가겠다고 말해 버렸으니까……. 일단 이 일이 끝날 때까지는 열심히 해볼까……."

의자에 앉은 니트는 한숨을 내쉬며 서류더미를 훑어보기 시작했다.


니트와 자마스가 호우타우 마법 학교를 그만두는 날은, 아직 머나먼 미래가 될 듯했다.


◇훌리오 가 앞 블로섬의 농장 안◇

비행하는 정기 마도선의 그림자가 블로섬 농장에 드리웠다.

"오오, 훌리오 님의 정기 마도선이 출발한 모양이오. 후후후, 가슴이 뜨거워지는군."

농장에서 수확 작업을 하던 호쿠호쿠튼은 이마의 땀을 훔치며 하늘을 올려다봤다.


──호쿠호쿠튼.

마족인 고블린이자 전직 마왕군 병사.

동료였던 마운티 일가와 함께 블로섬의 농장에 살며 일하고 있다.

"그래, 이걸로 우리가 수확한 농작물을 이제까지 이상으로 출하할 수 있다는 거로군."

호쿠호쿠튼 근처에서 작업하던 마운티가 팔짱을 끼며 끄덕였다.

──마운티.

마족인 고블린이자 전직 마왕군 병사.

동료였던 호쿠호쿠튼과 함께 블로섬의 농장에 살며 일하고 있다.

동족 아내를 가지고 자식이 가득한 한 가정의 가장이기도 하다.

"음, 참으로 그렇소."

마운티의 말에 끄덕이는 호쿠호쿠튼.

그런 호쿠호쿠튼에게 시선을 향한 마운티는 서서히 미간에 주름을 지었다.

"……그런데 호쿠호쿠튼…… 저 여자를 어떻게 할 생각이야?"

마운티가 가리킨 곳에 한 여자의 모습이 있었다.

그 모습을 본 호쿠호쿠튼 역시도 미간에 주름을 지었다.

"음, 그게 말이오……. 저 여자, 아무리 말을 해도 나가려 하지를 않는 건 물론, 요리는 못 하고 세탁은 못 하고 틈만 나면 본인 비장의 술을 훔쳐 마실 뿐이라…… 참으로 곤란하올시다."

불쾌하게 내뱉는 호쿠호쿠튼.

그런 두 사람의 시선 앞에 있던 것은 텔비레스였다.

——텔비레스.

전직 신계의 여신.

신계에서 추방되어 갈 곳을 잃고, 현재는 호쿠호쿠튼의 방에서 식객으로 생활하고 있다.


밭에서 바삐 움직이는 텔비레스는 얼핏 농사를 돕는 것처럼 보이지만…… 자세히 보면 같은 자리에서 섰다가 앉기를 반복할 뿐, 그 옆에 놓여 있는 바구니 안에 수확물이 들어갈 기색은 전혀 없는 것이었다.

호쿠호쿠튼은 그런 텔비레스 곁으로 다가갔다.

"잠깐 괜찮겠소? 텔비레스 경."

"어? 뭔데~. 아, 호쿠호쿠튼이잖아."

휘청거리며 돌아보는 텔비레스.

자세히 보니 뺨은 붉게 물들었고 숨결에서는 묘하게 술 냄새가 났다.

"으음…… 너, 설마 일을 하는 척하면서 술이나 마시고 있는 건 아니겠지?"

"어~, 그럴 리가 없잖아~, 이~렇게 제대~로 농사를 돕고…… 히끅…… 있잖아."

호쿠호쿠튼은 혀가 꼬인 텔비레스의 모습을 응시했다.

그의 눈이 번쩍 빛났다.

"그렇다면 이건 무엇이오!"

뛰어올라서 텔비레스의 가슴께로 팔을 집어넣는 호쿠호쿠튼.

"꺄앙?! 호쿠호쿠튼, 음흉하기는."

황급히 가슴께를 누르는 텔비레스.

하지만 그보다도 먼저 호쿠호쿠튼의 팔이 텔비레스의 가슴 계곡에서 무언가를 끄집어냈다.

그곳에 있던 것은 술이 든 자그마한 병이었다.

"정말이지! 병 끝에 관을 끼우고, 거기로 술을 마시고 있었소이까! 게다가 이 술은 본인이 바닥 밑에 숨겨두었던 비장의 일품이 아니오!"

"그치만, 이 술 엄청 맛있는걸. 마시지 말란다고 안 마실 수야 없잖아?"

텔비레스가 진지한 표정으로 말했다.

"이 바보가! 그러니까 너를 엉망 여신이라고 그러는 것이오! 어쨌든 이 술은 몰수요! 몰수!"

"어~, 그런 잔인한 짓을."

술을 들고 떠나려 하는 호쿠호쿠튼.

텔비레스는 그의 다리에 매달려서 진짜로 울기 시작했다.

그런 두 사람의 모습을 마운티는 쓴웃음 지으며 바라봤다.

"음…… 절찬 신부 모집 중인 호쿠호쿠튼이 가슴 계곡에 손을 넣고서도 아무것도 안 하다니……."

마운티 옆으로 그의 아내가 다가왔다.

"호쿠호쿠튼 씨랑 텔비레스 씨, 꽤 어울린다고 생각하는데 말이죠."

"같은 방에서 같이 자면서 그런 관계도 없는 모양이니까. 과연

앞으로 어떻게 될까."

그런 대화를 나누는 마운티 부부의 시선 앞에서, 호쿠호쿠튼은 다리에 매달린 텔비레스를 어떻게든 뿌리치려 하고 있었다.

그런 일동의 상공을 정기 마도선이 햇빛을 받으며 지나갔다.


◇호우타우 훌리오 가◇

아이들은 학교, 그리고 훌리오 일행을 일을 하러 나간 평일 낮 시간.

훌리오 가 거실에는 히야와 타니아의 모습이 있었다.

테이블을 사이에 두고서 마주앉은 히야와 타니아.

"……타니아 님, 오늘은 하나 확인하고 싶은 게 있습니다."

"예, 뭡니까?"

"음…… 타니아 님은 지고하신 주인님의 메이드로서 이 집의 가사를 맡고 있습니다만…… 그것은 이제까지 제 일이었습니다. 그렇기에 앞으로는 삼가셨으면 합니다."

히야는 조용한 말투로 타니아에게 이야기했다.

그런 히야 앞에서 공손히 머리를 숙이는 타니아.

"죄송합니다만…… 훌리오 가의 메이드로서 이 집의 가사를 양보할 수는 없습니다."

"……무슨 일이 있어도, 말입니까?"

"예, 무슨 일이 있어도, 말입니다."

두 사람은 서로 단호하게 말하더니 테이블을 사이에 두고 시선을 맞부딪쳤다.

"어쩔 수 없군요…… 이건 공평하게 제삼자의 판단을 청하기로 하는 건 어떻습니까?"

"그렇군요…… 히야 님의 수련 동료를 제외하면, 어느 분이라도 상관없습니다."

히야와 타니아가 함께 끄덕였다.

"그래서, 어느 분께 판단을 받는 겁니까?"

"……그렇군요…… 그럼, 이 분은 어떨까요?"

그러더니 히야가 거실 한편을 가리켰다.

그곳에는 거실 옆에서 뒹굴거리던 사베어가 있었다.

"사베어 님입니까……. 문제없습니다."

"그럼 바로……."

함께 끄덕이더니 사베어 곁으로 걸어가는 두 사람.

히야는 사베어의 옆구리에 손을 넣어 안아들었다.

"흐흥?"

무슨 일이냐고 사베어는 고개를 갸웃거리며 히야를 바라봤다.

"사베어, 당신은 이 집의 가사를 하는 건 저와 타니아 님 중 누가 더 어울린다고 생각합니까?"

"흐흥?"

사베어는 고개를 갸웃거리며 히야와 타니아의 얼굴을 교대로 쳐다봤다.

한동안 둘의 얼굴을 교대로 계속 쳐다보던 사베어.

"흐흥!"

이내 크게 울음소리를 한번 흘리고 히야의 손에서 뛰어내리더니 현관을 향해 달려갔다.

"다녀왔어요."

그리고 그 때 현관문을 열고 리루나자가 모습을 드러냈다.

사베어는 그런 리루나자를 향해 뛰어들었다.

"아, 사베어. 마중 고마워요."

미소를 지으며 사베어를 끌어안는 리루나자.

히야와 타니아는 그런 리루나자와 사베어의 모습을 거실에서
바라봤다.

"······오늘은 무승부, 일까요."

"예, 그렇군요······. 이의 없습니다."

히야와 타니아는 함께 고개를 끄덕이는 것이었다.


◇호우타우 훌리오 가◇

여왕 에리는 이날 호우타우의 훌리오 가에 와 있었다.

평소에는 여왕으로서 클라이로드 마법국의 국정 전반과 관련
된 일을 한다.

그런 바쁜 나날 짬짬이, 주에 한 번 정도의 빈도로 훌리오 가에
와서는 집안의 일원으로서 가사를 돕고 있었다.


이날 여왕은 저녁식사 후의 거실 테이블을 리루나자와 함께 닦
고 있었다.

"에리 언니, 그쪽도 부탁해도 될까요?"

"아, 예, 알겠어요."

리루나자의 말에 에리가 테이블 구석 쪽을 닦았다.

그런 에리의 모습에 리루나자는 어딘가 미안하다는 표정을 짓고 있었다.

"저, 저기…… 이, 이 나라에서 가장 높은 사람한테 이런 일을 부탁해서 죄송해요."

양손을 몸 앞으로 맞잡고 깊이 머리를 숙이는 리루나자.

"그, 그렇게 남처럼 굴지 말고…… 여기에 있는 동안에는 가족의 일원으로서 대해 주면 되니까요."

에리가 당황한 기색으로 리루나자에게 말을 건넸다.

그런 에리를 리루나자가 올려다봤다.

"저, 저기…… 그, 그럼, 하나 물어봐도 되나요?"

"예, 제가 대답할 수 있는 일이라면 뭐든 물어봐요."

미소로 끄덕이는 에리.

"그럼, 과감하게 물어보고 싶은 게 있는데요……."

그런 에리를 앞에 두고 리루나자는 한동안 머뭇머뭇하다가 리루나자는 살며시 에리 곁으로 다가왔다.

부끄러운지 에리의 귓가로 입을 가져다 대고 주위에 목소리가 새어 나가지 않도록 양손을 댔다.

"저, 저기…… 에리 언니랑 가릴 오빠는, 언제 결혼하는 건가요?"

"푸헉……?!"

리루나자의 말에 에리는 성대하게 뿜고 말았다.

사레가 들려 기침을 하면서도 에리는 리루나자를 보았다.

잔뜩 당황한 에리를 앞에 두고 쩔쩔매는 리루나자.

"저, 저기…… 죄, 죄송해요, 저기, 저…… 뭔가 이상한 걸 물었나요?!"

허둥대며 리루나자는 몇 번이고 머리를 숙였다.

"저, 저기…… 그, 그렇게 사과할 것 없어요, 리루나자 씨…… 그, 그게…… 저, 저도 말이죠…… 언젠가 가릴 군의 아내가…….."

에리가 거기까지 말했을 때였다.

"다녀왔어."

거실 안으로 귀가한 가릴과 홀리오가 들어왔다.

"푸헉……?!"

갑작스러운 가릴의 출현에 에리가 기침을 터뜨렸다.

"어라? 에리 씨, 왜 그래, 몸이 안 좋아?"

당황한 기색으로 가릴이 에리 곁으로 달려갔다.

"그, 그게…… 그렇게 대단한 건 아니에요, 조금 놀랐다고 할까요, 그……."

부끄러운 나머지 얼굴을 새빨갛게 물들이며 에리가 고개를 피했다.

그런 에리의 얼굴을 가릴은 걱정스럽게 들여다봤다.

"기분 탓인가, 얼굴이 좀 붉은 것 같아…… 혹시 열이 있을지도 몰라."

그렇게 말하기가 무섭게 가릴은 자신의 이마를 에리의 이마에 댔다.

'……어?'

에리는 한동안 무슨 일이 벌어졌는지 이해하지 못했다.

이윽고 가릴은 에리에게서 이마를 뗐다.

"음…… 열은 없는 것 같지만, 너무 무리하진 않는 게……."

'……가, 가릴 군의 이마가…… 제 이마에…….'

이제야 간신히 자신의 몸에 무슨 일이 벌어졌는지 이해한 에리는, 그 자리에서 그만 의식을 잃고 뒤로 쓰러졌다.

"에, 에리 씨?!"

가릴은 황급히 에리의 몸을 부축했다.

그 품속에 에리는 힘없이 쓰러져 있었다.

"에리 씨? 저기 에리 씨, 괜찮아?"

당황해서 에리의 얼굴을 들여다보는 가릴.

그런 가릴와 에리를 훌리오는 뒤에서 바라보고 있었다.

'으음…… 마법으로 에리 씨를 깨우는 건 간단하지만…… 이 상태에서 눈을 떴다가는…… '가릴 군한테 안겨 있다'라면서 다시 기절해 버릴 건 틀림없겠지……. 그럼 어쩌면 좋을까…….'

에리를 향해 오른손을 뻗고는 있지만 이래저래 잔뜩 생각하다 보니 훌리오는 아무것도 할 수가 없게 되었다.

'……이건 마수를 붙잡는 것보다도 어려울지도 모르겠네…….'

그런 생각을 하며 훌리오는 최선책을 필사적으로 계속 찾았다.

"서방님, 무슨 일 있나요?"

그곳으로 부엌에서 정리를 하던 리스가 달려왔다.

"어, 아니…… 에리 씨가 좀……."

쓴웃음 지으며, 가릴에게 안긴 채로 의식을 잃은 에리에게 시선을 향하는 훌리오.

"어머, 에리 씨도 참. 또 의식을 잃어버렸나요?"

쿡쿡 웃으며 리스는 에리를 바라봤다.

"어? 또라니, 에리 씨는 그렇게나 자주 의식을 잃어?"

"예, 무척 자주 잃는데요……."

그리고 리스가 즐겁게 웃기 시작했다.

"그게 말이죠……. 가릴이 곁으로 다가가면 항상 의식을 잃어버리거든요."

"아, 그런 거구나……."

훌리오는 리스의 말에 납득했다며 끄덕였다.

"저, 저기……."

그런 두 사람의 대화를 들은 가릴은 그만 얼굴이 빨개졌다.

"내가 있는 곳에서 그런 이야길 하면…… 에리 씨가 깼을 때, 어떻게 대하면 좋을지 곤란하잖아……."

"어머? 가릴은 그런 걸 생각 안 해도 되잖아요."

"어? 그, 그런 거야?"

"그래요, 앞으로 부부가 될 거라면 지금부터 익숙해져야 하는 일들뿐이잖아요."

"화, 확실히 그럴지도 모르겠지만……."

리스가 그렇게 말해도 가릴은 영 납득할 수 없다는 표정을 짓고 있었다.

"있죠, 서방님. 서방님도 그렇게 생각하시지 않나요?"

훌리오에게 시선을 향하고 싱긋 미소 짓는 리스.

그런 리스의 미소를 앞에 두고 훌리오는 쓴웃음을 지었다.

"화, 확실히 그렇게 생각할 수 있을지도 모르겠네⋯⋯."

훌리오는 말끝을 흐리며 그렇게 대답했다.

"⋯⋯그러고 보니 전부터 물어보고 싶었는데."

가릴은 훌리오에게 시선을 향했다.

"아버지는 어머니한테 어떻게 프러포즈했어? ⋯⋯그, 그게 아, 앞으로의 일에 참고삼아 이야기를 들어볼 수는 없을까, 싶어서⋯⋯."

"어? 나, 나랑 리스?"

가릴의 말이 예상 밖이었는지 무심코 눈을 동그랗게 뜨는 훌리오.

그런 가릴 옆에서 리스는 뺨을 물들이면서도 가슴을 폈다.

"서방님, 가르쳐 주면 되지 않나요. 서방님은 우선 몸으로으으으읍⋯⋯."

"리, 리스, 거기까지 해두지 않을래?!"

득의양양한 표정으로 이야기하려는 리스.

훌리오는 그 입을 황급히 막았다.

"이, 일단 그건 나중에 차차 이야기하는 걸로⋯⋯."

굳은 미소를 지으며 어떻게든 이야기를 얼버무리려 하는 훌리오.

그런 대화를 나누는 와중⋯⋯.

가릴에게 안겨 있는 에리는 이미 의식을 되찾았다⋯⋯만⋯⋯.

'⋯⋯어, 어쩌면 좋을까요⋯⋯ 뭔가 중요한 이야기를 하는 중인 것 같은데, 여기서 제가 일어나도 될까요⋯⋯. 아니면 조금 더

이대로 있는 편이 나을까요…….'

　그런 생각을 하며 에리는 눈을 감고 계속 기절한 척하고 있었다.

　그런 에리는 눈을 감고 있기에, 자신이 가릴에게 안겨 있다는 사실을 아직 깨닫지 못했다.

# 후기

이번에는 이 책을 손에 들어 주셔서 정말 감사합니다.

Lv2 치트도 이번 편으로 마침내 10권에 다다를 수 있었습니다. 이것도 인터넷 연재 때부터 응원해 주시는 여러분 덕분입니다. 정말 감사합니다.

이번에는 이토마치 선생님의 만화판과 함께 발매될 예정이라 저도 무척 기대하고 있습니다.

이번 편에서도 금발 용사의 활약을 전해드리며, 홀리오의 아들 가릴과 여왕의 관계가 조금 진전된 이야기가 되었습니다.

둘 다 독자 인기가 높은 캐릭터이기에 앞으로의 전개도 기대해 주신다면 좋겠습니다.

이번에는 만화판 『Lv2 치트』 3권에 더해서 코믹 자르단에서 『이세계 노점 밥 '에니시 정'』 1권도 같은 시기에 발매됩니다. 이쪽도 모쪼록 잘 부탁드립니다.

마지막으로 이번에도 멋진 일러스트를 그려주신 카타기리 님, 출판에 관여해 주신 관계자 여러분, 그리고 이 책을 손에 들어 주신 여러분께 진심으로 감사드립니다.

2020년 7월  키노조 미야

Chillin Different World Life of the EX-Brave Candidate was Cheat from Lv2 - 10
© 2020 Miya Kinojo
First published in Japan in 2020 by OVERLAP, Inc.
Korean translation rights reserved by Somy Media, Inc.
Under the license from OVERLAP, Inc., Tokyo JAPAN

# Lv2부터 치트였던 전직 용사 후보의 유유자적 이세계 라이프 10

2024년 3월 15일 1판 1쇄 발행

저        자 키노조 미야
일 러 스 트 카타기리
옮 긴 이 손종근
발  행  인 유재옥
담 당 편 집 정지원


이        사 조병권
출판본부장 박광운
편 집 1 팀 최서영
편 집 2 팀 정영길 조찬희 박치우 정지원
편 집 3 팀 오준영 이소의 권진영
디자인랩팀 김보라 박민솔
디지털사업팀 박상섭 김지연 윤희진
라이츠사업팀 김정미 맹미영 이윤서
영업마케팅팀 최원석 박수진 이다은
물  류  팀 허석용 백철기
경영지원팀 최정연
인쇄제작처 ㈜코리아피앤피
발  행  처 ㈜소미미디어
등        록 제2015-000008호
주        소 서울시 마포구 토정로222, 403호 (신수동, 한국출판콘텐츠센터)
판매 및 마케팅 (070) 8822-2301


ISBN 979-11-384-8202-1 (04830)
ISBN 979-11-6389-387-5 (세트)